不愿文面的女人

张昆华 著

中国言实出版社

图书在版编目（CIP）数据

不愿文面的女人 / 张昆华著 . -- 北京：中国言实
出版社, 2021.10
ISBN 978-7-5171-3868-6

Ⅰ.①不… Ⅱ.①张… Ⅲ.①长篇小说 - 中国 - 当代
Ⅳ.①I247.5

中国版本图书馆 CIP 数据核字（2021）第 189094 号

不愿文面的女人

出 版 人：王昕朋
责任编辑：陈黎明
责任校对：赵　歌

出版发行：中国言实出版社
　　　　　　地　　址：北京市朝阳区北苑路180号加利大厦5号楼105室
　　　　　　邮　　编：100101
　　　　　　编辑部：北京市海淀区花园路6号院B座6层
　　　　　　邮　　编：100088
　　　　　　电　　话：64924853（总编室）　64924716（发行部）
　　　　　　网　　址：www.zgyscbs.cn　E-mail：zgyscbs@263.net

经　　销：新华书店
印　　刷：北京温林源印刷有限公司
版　　次：2021年11月第1版　　2021年11月第1次印刷
规　　格：880毫米×1230毫米　1/32　6.5印张
字　　数：150千字

定　　价：39.80元
书　　号：ISBN 978-7-5171-3868-6

独龙族村寨的茅草房

带着孩子正在劳作的独龙族妇女

独龙族汉子正在为"卡秋哇"节准备家禽

老年的独龙族文面女

不文面的独龙族女孩

脱贫后过上新生活的独龙族妇女

有风骨讲美学接通全球

——"中国政府出版品国际营销平台精选图书·文学书系"总序

王昕朋

中国言实出版社是国务院研究室主管主办的国家级出版单位，出版定位是：主要出版党和国家重大政策的研究成果以及相关的辅导读物。1995 年成立以来，我们一直坚持这一出版定位，围绕党和国家中心工作开展出版活动，因而，国内外读者很少见到由中国言实出版社出版的文学类图书。但是，近几年文学界对中国言实出版社已不陌生。这源于出版理念的一次变革。习近平总书记在文艺工作座谈会上的重要讲话指出："一部小说，一篇散文，一首诗，一幅画，一张照片，一部电影，一部电视剧，一曲音乐，都能给外国人了解中国提供一个独特的视角，都能以各自的魅力去吸引人、感染人、打动人。"这给了我们启示、启迪，文学也是讲好中国故事、传播中国好声音的重要途径。所以，我们也用心、用功、用力打造文学板块，并将它推向世界。2018年8月，由中国言实出版社出版的李春雷报告文学作品《朋友——习近平与贾大山交往纪事》获第七届鲁迅文学奖，同时入选"丝路书香"出版工程在国外出版，于是文学界发现，中国言实出版社在文学出版领域同样有不俗的表现。中国言实出版社的文学图书品种少而精，中国文学的声音在通过中国言实出版社持续传播到海外，承载着文化和文学信息的《温文尔雅》翻译成英文、日文、俄文、德文、法文、意大利文、西班牙文、葡萄牙文、阿拉伯文等多种语言向全球推介，英文版、中文繁体版荣获第十三届"输出版引进版优秀图书"奖，长篇小说《京西胭脂铺》一举登榜"中国图书世界馆藏影响力图书20强"。付秀莹、金仁顺、乔叶、魏微、滕肖澜、叶弥、戴来、阿袁等8位"当代中国最具实力女作家"的作品集同时推出，之所以在名称中冠以"中国"二字，是出于对外推介的考量，其中付秀莹、魏微、戴来等人的小说集后来入选"经典中国"项目在美国出版，产生良好反响。

近年来，中国言实出版社加快国际出版步伐，与英、美、日等多家国外出版单位建立战略合作关系，近百名当代中青年作家的作品陆续推介到美国纽约、日本东京、德国法兰克福等多个国际书展，被多个国家的图书馆收藏，图书受到国外图书界关注，连续6年入选中国图书世界馆藏影响力百强出版单位。2015年经财政部批准立项，中国言实出版社建设并主办中国政府出版品国际营销平台，为推动"文化走出去"提供支持。

2020年，有感于体量庞大的中国当代文学无法快捷地被全球关注所带来的传播学遗憾，有感于年度文学选本出版周期较长，有感于众多具有潜力、实力、影响力的青年作家的作品没有很好的对外传播渠道，中国言实出版社整合资源，决定专门为中国政府出版品国际营销平台的文学板块打造出一种比年度选本出版周期短、对当代文学创作反应更为灵敏的季度文学选本。《中国当代文学选本》应运而生，书名由王蒙题写，选稿编委梁鸿鹰、李少君、王干、付秀莹、古耜皆为业内名家行家，所选作品为国内新近发表的文质兼美的力作。作为一种有公信力的季度文学选本，《中国当代文学选本》因"让国外读者快捷阅读当代中国文学精品"的窗口作用，以及"为中国作家走向世界铺筑交流合作桥梁"的桥梁作用，受到作家、汉学家、国内外读者一致好评。《中国当代文学选本》传播中国声音，讲述中国故事，产生良好社会效益。有鉴于此，中国言实出版社决定打造这套"中国政府出版品国际营销平台精选图书·文学书系"。

出版社并不承担培养作家的使命，但是这套"中国政府出版品国际营销平台精选图书·文学书系"的入选作品多是出自青年作家之手，原因在于，我们始终关注着中国当代文学最具活力与实力的鲜活部分，求取风骨与审美的统一，始终在精心遴选极具当代性的中国文学好声音，始终把推动中国当代文学与全球接通作为出版人的责任，这套"中国政府出版品国际营销平台精选图书·文学书系"的入选作家和作品便是如此。有风骨、讲美学，是选取这套丛书的思考维度。"有风骨"是要对民族精神有所反映，要为人民而文学，要关怀民生，帮助读者把无病呻吟、凌空蹈虚的作品以独特筛选眼光来淘汰掉；而"讲美学"是指中国言实出版社遴选书稿时看重作品的文本质量，内容和形式互为表里，是为美。美为作品飞向全世界插上翅膀，中国言实出版社人始终认为，美是全人类可通融的共同语言，有风骨、讲美学才能接通全球，成为文学精品。这些优秀作品里，都跳动着时代的脉搏，展现着当代中国日新月异的面貌，蕴含着深厚的文化自信。出版是文学生产的终端，对于中国言实出版社而言是文学传播的开始。中国言实出版社将始终秉持"好作品主义"，重视名家不薄新人，盘点、整合中国文学资源，积极开展对外译介和推广工作，自觉地将有风骨、讲美学的文学精品作为永不改变的出版追求。

2020 年 12 月

独龙族人文风情之美

——《不愿文面的女人》序

张建梅

夏末初秋，收到张昆华老师的长篇小说《不愿文面的女人》，如获至宝，一口气拜读完才肯放下。而细细品读，字里行间处处散发浓浓的人文关怀与亲切的民族情结。小说以"泉水"为开篇，以两位美丽纯真的独龙族妙龄少女阿婻、阿妮的感人故事为线索，把边防军的爱、边疆民族的爱和人间的大爱融入整个故事中，将两位独龙族少女对古老文面习俗的抗争所引发的"不愿文面"的民族风情向读者娓娓道来。这部长篇小说通过文面女的感人故事，淋漓尽致地传递了怒江峡谷中怒族、独龙族、傈僳族、藏族、汉族等各民族亲如一家、和谐团结的

"拥抱"之情。作品各个章节的文字，犹如高黎贡山、担当力卡山盛开的鲜花串成的五彩花环，每一朵都让人爱不释手，都散发着沁人心脾的芬芳；每一段故事既让人又揪心，又令人欣喜；每一个情节既扣人心弦，又让人激情澎湃。作者善于通过曲折复杂的各种人物的命运展现出鲜为人知的历史文化，读着这样的文字，心中似有山泉、瀑布、小溪在流淌，更似独龙江水的奔腾不息，让你处处感觉到自然的美、古朴的美、人文的美、民族团结的美以及独龙族女孩渴望真善美的情怀。

张昆华老师是上个世纪五十年代初期参军，长期战斗在祖国云南边陲、甘于奉献青春、奉献边防、讴歌云南的优秀军旅作家中的一员。他数十年如一日，笔耕不辍，辛勤耕耘，坚持以反映云南少数民族生活为中心的创作导向，始终致力于"百花植根沃土，艺术奉献人民"的宗旨。他在漫长的军旅历程与深入的文学跋涉中，足迹遍及高山大川、民族村寨、边防哨卡，从中汲取生活的源泉，激发艺术的灵感，创作出了诸如散文集《多情的远山》、《鸟和云彩相爱》，诗歌集《红草莓之恋》，中篇小说集《天鹅》、《曼腊渡之恋》，短篇小说集《双眼井之恋》，儿童文学《白浪鸽》、《蓝色象鼻湖》等，特别是反映怒江傈僳族生活的、被选入《中国当代百部长篇小说评析》的《魔鬼的峡谷》等一批又一批讴歌祖国、讴歌人民、讴歌时代、讴歌生活的精品力作，为云南的军旅文学、民族文学做出了积极贡献。

带着对老一辈边防军人、老一辈新闻工作者、老一辈著名作家张昆华的尊敬之情，带着对《不愿文面的女人》人物典型、故事情节的探究与好奇，带着对独龙江这片神奇美丽土地的挚爱，生于斯、长于斯，看着怒江流水、听着怒江涛声度过每一天，年近半百的我，心中莫名地涌动着想背上行囊、重返独龙江、抚摸那片亲爱土地的渴望。也许是天意，正当我冥思苦想、迫切希望走进独龙江时，刚好接到中共云南省委宣传部关于给予长篇报告文学《独龙之子高德荣》创作采风支持的通知，受州委宣传部领导的委托，我和《怒江报》社记者王靖生同志一道，陪同作家梁刚老师前往独龙江进行主题采风创作。此行恰巧与《不愿文面的女人》的作者张昆华老师在 1974 年夏末陪同中国作协副主席、著名作家冯牧老师一行独龙江采风的季节大约一致。我背上行囊，在始终没有停止倾泻的秋雨的陪伴下，一路风雨兼程，穿越怒江大峡谷，翻越高黎贡山，向着美丽的独龙江、我心中思念已久的"恋人"奔去……

溯江北上，刚到达贡山独龙族怒族自治县县城，就听到独龙江公路因泥石流中断近一周、道路刚刚抢通的消息。在场的人提醒我们，要进去随时都有堵车的可能。带着侥幸心理，我们马不停蹄地朝独龙江方向奔去。中途要经过高黎贡山终年积雪、落石塌方的路段，一路泥泞，一路颠簸，一路落石，一路滑坡，一路越过深浅不一的沟壑和积水路面。特别是在雨季，道路湿滑，还常有断裂滚落的树干横在路中央，开车送我们进去的余师傅一次次跳下车来，搬开那些障碍物，九十多公里的路程走了四个多小时，终于，我们走进了梦牵魂绕的独龙江，走近了"不愿文面的女人"的神奇故乡……

记得我第一次进独龙江，是在 2004 年的秋末初冬。此次再来，不觉已是阔别九年。然而，当我刚拿出《不愿文面的女人》，掀开故事的扉页，想实地重温作家笔下的传奇故事时，迎接我们的却是暴雨、塌方、泥石流、道路受阻、江河暴涨、停电以及通讯中断的种种困难。七天七夜里，我们看不上电视，更不能上网，手机信号时有时无。站在两山夹一江的独龙江河谷举目眺望，山间云雾缭绕，根本看不到山的真实面目。此时此刻，山有多高？水有多深？前方的路在哪里？神秘的文面部落又在哪里？这一切都被雨水冲刷着，被云雾遮挡着。

茫然中，一位与文学前辈张昆华老师一样可亲可敬，深受当地百姓尊敬爱戴，被人们亲切地称为"老县长"的独龙族老人，也就是我们此行采访的主角——"爱党、爱国、爱家乡、爱民族"的"四爱"好干部高德荣同志，热情地把我们迎进了他家。一连几天，我们早出晚归，当一次次从风雨中归来，这里就是我们的避风港和温暖的家。坐在暖暖的火塘边，那一碟喷香的扁米，那一碗回味甘甜的大叶茶汤，那刚从地里掰回、在火塘边烤得焦黄的玉米，那一杯散发醇香的自酿酒，让我们从中品出深深的关爱和意想不到的幸福。

采风中，高老县长总避开对他个人的宣传采访，却为我们此行写好独龙江故事、宣传好独龙民族文化提供了圆满周全的行程安排。他在承担"独龙江整乡推进、独龙族整族帮扶"项目繁重任务的同时，腾出宝贵时间，一路携着我们从采风临时集散地孔目三进三出，一路往南顺江而下，一路往北逆江而上。让我们走进一个个神秘的文面部落，匍匐于深藏感人故事的神秘土地，穿梭于生态文明、满眼碧绿的群山环抱，寻找那一个个掩映在绿树丛中的神秘村寨，在火塘边聆听独龙老人叙述古老的故事。一次次探究，一次次走近，我们北上至独龙江与西藏察隅交界的迪政当村委会最北边的小山村雄当，南下至离中缅边境线仅四公里之隔的马裤村委会最南端的小山村钦朗当。我们一次次恍若成为竹筒楼里、木楞房中秋收归来的主人和文面女，一层层剥开从独龙江那熟透了的山坡上掰回的玉米棒的外衣，一处处寻找《不愿文面的女人》的故事里的故事。行走中，一挂挂从天而降的飞流瀑布，一个个刚建盖完、别墅式的移民安置房构成的粉红色的美丽村落呈在我们的眼前，打开相机，随意朝任何一地方按下快门，拍下的都是美轮美奂的风景。

沉醉于川流不息的独龙江和翡翠般流淌的普卡旺河，流连于美丽的斯拉洛山寨和古朴迷人的龙元新村，返程途中，我始终沉醉于那样的心境、那般的感受和《不愿文面的女人》的故事里的故事，让我那颗早已被感动、被俘虏的心久久不能平静。几天后，回到州府六库，真可以说是从独龙江、独龙族的生活中回来，又进入文学作品中去。夜深人静，当我再次打开搁在枕边的《不愿文面的女人》，从头至尾再次细细品味，阿妮撕心裂肺的文面与出嫁，阿媍打破传统占老习俗，与藏族夫妇格桑一家抚养长大的独龙族青年顿珠刻骨铭心的爱，如同电影电视里精彩的画画，一幕幕浮现在我的脑海，爱的浪花在我心中此起彼伏。一部文艺作品这样感人，正是它的灵魂所致。张昆华老师的作品对藏族到独龙江抢婚的说法，只作轻描淡写，而把军民鱼水之情，藏族夫妇格桑一家对独龙族儿子顿珠血浓于水的爱和怒江各少数民族共同团结进步、共同繁荣发展的大爱作了浓墨重彩的艺术描绘与情感抒发。《不愿文面的女人》中的人物形象之所以感人，正是因为作者走近了独龙人家的火塘，才使作品散发出火塘边那被浓烟熏制出的古朴的美。《不愿文面的女人》中所描述的社会生活之所以真实可信，也正是因为作者挽起裤腿走入田野，走进那片曾经的原始火烧地，才让作品散发出阵阵泥土的芳香。这也说明张昆华老师等老一辈作家始终坚持以人民为中心的创作导向，遵循深入生活、深入群众、深入实际的文艺创作规律，更具有作为新时代少数民族文学工作者的我们所一贯坚持和必须坚守的文学创作底线。

如要指出这部作品的不足，我觉得小说对故事主人公独龙女子排行阿妮、阿嫄有误。就傈僳族、独龙族而言，阿嫄是独龙族女孩排行老大的意思，阿娜是傈僳族女孩排行中的大女儿，而作者却把阿嫄作为故事中的妹妹，感觉稍有美中不足，但小说的时间、地点、人物都为虚构，这一遗憾只是作为怒江人的我的一种定向思维罢了。另外，对于独龙女文面的传说，众说纷纭，各持己见。但我们不难从专家、学者的学术研究中找到答案。毕业于挪威王国贝尔根大学人类学硕士研究生，现攻读于云南大学人类学博士研究生的独龙族学者陈建华先生，对本民族文面习俗的认识是："独龙女子大都在12、13岁文面，人体上是一种成年礼，也就是独龙女性社会角色的转换，象征着从女孩转变成可以承担起社会再生产的女性角色；而这种文化习俗的形成的原初，离开独龙人当初所处的周边族群生态关系，是无法解释的，正如这种习俗历史性地退出独龙人的历史舞台一样，也是由于周边族群生态发生了深刻的变化。由最初的生存策略，转而上升为一审美意识，认为不文面的女子不美；但这种生存策略不再适应新的族群生态关系的时候，就出现了越来越多的'不愿文面的独龙女人'。到了最后，我们只好用'最后的文面女'来纪念这种独龙人曾盛极一时的作为生存策略的文化习俗。"由此可知，独龙女孩成年文面的习俗必将随着社会的进步、时代的变迁逐渐走向消失。这一切又足以证明小说《不愿文面的女人》中独龙族少女追求现代科学文明进步，其健康幸福之美的立意是站得住的，也是经得住时代考验的。

新的世纪，新的时代。今天的独龙江，草果飘香，蜜香四溢。一幢幢别墅式的农家小院拔地而起，宽敞平整的柏油马路通向村村寨寨，独龙人正踏着文明进步的时代节拍朝前进，许许多多像阿婻、阿妮一样的独龙女孩，已从小小的镜子中的美，走向大社会、大中国、大世界的美。不是吗？独龙人已从未曾翻越喜马拉雅的"太古之民"中，培养出走出国门留学归来的学者、研究生、博士生。在阅读《不愿文面的女人》的美好时刻，我想与我的同人、与怒江所有热爱文学的晚辈们携手，向许许多多像《不愿文面的女人》作者、老兵张昆华一样的文学前辈们致以深深的敬意！

（作者系云南省怒江州文联主席、《怒江文艺》主编、散文家、诗人。）

目 录

一、泉水

春姑娘迈开轻快的脚步，踏着布谷鸟的一声声啼鸣，来到了高黎贡山和担当力卡雪山之间的独龙江峡谷。于是，冰雪在悄悄地消融，泉水在淙淙地流淌，草籽在性急地发芽，马樱花在含羞地绽放……

独龙人常说：春姑娘为什么会这样美丽？因为她用两面镜子来打扮自己。太阳是一面金色的镜子，月亮是一面银色的镜子。春姑娘在白天和夜晚都能从太阳和月亮的光辉里映照出自己的容貌，然后再用光彩和泉水来浓妆淡抹，使自己青春焕发。

独龙姑娘多么希望自己也有像太阳和月亮那样美好的真正的镜子啊！

可是，阿妮和阿嫄两姐妹，却连一面镜子都没有。阿爸宽慰她们说，等她们长大，等她们出嫁，就会有镜子了。因为镜子很难买。镜子在贡山县城的百货公司里，倒是多多的有。但那要翻过五千多米高的高黎贡山，走三天的路程才能到达。而一年当中，又有七八个月是大雪封山。这时期，独龙江峡谷与内地完全断绝了交通。除了雄鹰能展翅飞越高黎贡山而外，就连那有着四只蹄子的麂子、马鹿也穿不过高山上的冰雪封锁线。积雪的山垭口比天还高啊，人，更是无法翻过去的。

现在好了，春姑娘唱出了自己的歌声。冰雪的世界在慢慢地缩小。绿色的森林和彩色的花朵，在迅速地扩展自己的天地；它们手挽手地从温暖的独龙江峡谷逐步攀登到高高的雪峰……

当残雪碎冰全部消融，垭口可以通行了，从雪山那边过来的人，会给独龙姑娘带来镜子么？

此时，阿妮和阿媚坐在自家的阳台上，眺望着银雪皑皑的山峰，在苦恼而又愉快地思索着，希望镜子能美化她们的生活。

阿爸的话可信么？要长大才给用镜子。阿妮和阿媚不是已经长大了吗？当然啦，在阿爸的许诺里，在"长大"的后边还有一句话是"出嫁"。出嫁？什么叫出嫁？就是像那些大姐姐，披上鲜艳的独龙毯，跟一个男人去别的村寨，永远地离开自己的家，去围着另一个火塘生活么？

"哟！多害羞呀！"阿妮用双手蒙住了自己的脸。

"哎！多难过呀！"阿媚把脸贴在膝盖上，斜视了阿妮一眼。姐姐为什么蒙住脸还在偷偷地发笑呢？也许，姐姐和自己都在想着镜子？

人们都说，阿妮和阿媚不但长得一模一样，而且都同样的漂亮。有时，她俩把对方当作自己的镜子。阿妮从妹妹的脸上，看到了自己的长相；阿媚从姐姐的脸上，折射出自己的光彩。阿妮和阿媚总是形影不离，就像是茂顶氏族两朵并蒂开放的鲜花。

此时，走进庭院里的人都在向阿妮和阿嫦投来羡慕的眼光。他们都为自己的氏族里有这么美丽的姑娘而感到骄傲呢！

这倒不是因为阿妮和阿嫦的阿爸茂丁是茂顶氏族的族长而有意奉承她俩。特别是邻居卜松大爹还说，他走遍三百里独龙江峡谷，确实没有比阿妮和阿嫦更漂亮的姑娘喽！要是在从前，姑娘的姿色愈美愈会招来灾难。也许是出于一种传统的习惯吧，这时，卜松笑眯乐呵地看了阿妮和阿嫦一眼之后，走到茂丁身边，悄悄地说道：

"茶花鸡的脸红了，要唱找窝的歌了。你家的姑娘长大了，该文面了……"

"是呀，阿妮是该文面了。阿嫦嘛，还是过些日子吧。"茂丁记着，也抬起头来看了看阳台。可不，在春天的阳光下，两个女儿正在收捡着背箩呢。接着，茂丁又转过身去，在陆陆续续到来的人群中，数点着茂顶氏族里的一个个名字。看哪一家的人来了，哪一家的人还没有来。

很快地，庭院里就挤满了人。茂丁看看氏族成员都已经来齐了，便一声吆喝，率领着大伙儿出了村寨，向葱茏茂密的山林走去。

今天，是茂顶氏族砍"香木朗"的日子。各家各户出的都是强壮的男劳动力。他们扛着砍刀和斧头，兴高采烈地跟着茂丁走。"香木朗"是独龙话，意思是火山地。也就是先在一片山坡上把森林砍倒，晒干后，用火烧林木成灰烬，叫作"砍倒烧光法"。几天后，等灰晾得凉了，随即就在这片大火烧过的山地上播种苞谷和稗子。种上一两年之后，肥力耗尽，就将这片火山地丢荒，歇上几年，待荒地上长出树木杂草，又将树木杂草砍倒烧光，再种上一年，又丢荒轮歇。这种原始的刀耕火种的山地，是以树木作为农业生产的重要条件，一般是第一年砍烧后的土地收成最好。由于独龙人种地时不再另施肥料，地力逐年消耗，所以，凡是去砍烧新的林地是件很重要的活动，人们都非常重视这个活儿，各家各户凡是能进行劳动的人都出动了。

此时，有的扛着斧头，有的挎着砍刀，都怀着去夺取新的丰收的愿望，兴高采烈地跟着氏族长茂丁走着。只有阿妮和阿婻没有扛砍刀和斧头，而是背着背篓走在最后。背篓里放着烧水用的锑锅、背水用的竹筒以及喝水用的竹碗、木碗，不时发出叮叮当当的响声，像是随意奏出的音乐。

本来独龙人一出家门，就喜欢喝清凉的山泉或是洁净的河水，那可解渴呢！可是，今天是砍火山地啊！谁也不能喝冷水的。独龙人祖祖辈辈传下来的规矩说：砍火山地那天，喝了冷水，不但会招来暴风雨；过一会儿，砍倒在地里的那些大树和枝叶会烧不着火，肥不了地；而且，种上苞谷和谷子之后也会被暴雨山洪冲跑掉。所以，阿妮和阿婻今天是专门来为砍火山地的人们烧开水喝的。

由于年复一年的毁林烧荒种火山地，茂顶氏族选定的火山地已经离他们居住的寨子越来越远了。走了好半天，人们才来到一片漫坡林地里。

这是一片郁郁葱葱的原始森林。高大粗壮的乔木，有冷杉、红松；中间夹生着野茅树、麻栗树；低矮的是一丛丛旺盛的灌木，还有小红果树、紫草莓刺蓬、羊奶藤等盘绕其间。从上到下，繁茂的林木藤草，构成了一座绿色的迷宫。稀稀疏疏的阳光漏过密密层层的枝叶，像点点晶莹的露水，泼洒在森林的空间和堆积着厚厚的腐叶的地上。大自然长年累月的造化，使这片林地变得异常肥沃。但是，要砍倒这片森林，在这块土地上耕种和收成，那又绝不是缺乏先进生产工具的独龙人一家一户所能办得到的，必须依靠整个氏族的集体力量，采取集体共耕的方式耕种。这就是：从砍伐树木森林，火烧林地，到平均出籽种，再到播种、收割，直至平均分配谷物，都是在氏族长的领导下，由氏族成员共同进行的。

昨天，茂丁就领着氏族各家的家长来选定了这片林地。当时，按独龙人传统的风俗，由氏族长茂丁首先砍倒了一棵麻栗树作为"号"地的标志。接着，按参加集体共耕的户数的人头，砍了与人数相等的长短粗细都一样的树枝，整整齐齐地排列在地上，这才悄悄地离去。

今天，进入这片林地之后，人们不约而同地停止了笑闹，鸦雀无声地鱼贯而行。各人脸上的表情，也大多不一样。有的在期待着喜悦，有的在准备承受失望的打击。他们不知道神秘莫测的山鬼，会不会允许他们在这儿种火山地。

阿妮和阿婳正走着，忽然，队伍前头发出了欢呼声：

"吁唏唏……"

"啊哈哈……"

阿妮和阿婳被这欢呼的声浪振奋了，急忙找了条捷径跑了上去。

她俩挤进围观的人群里，一眼就看见昨天排列着的那些树枝，仍然整整齐齐的，没有被野兽或是风雨把它们弄乱。这就说明，山鬼允许他们在这儿种火山地了。

茂丁今年第一次为氏族选的"夺木古"（公有共耕地），就这么顺利地决定，他感到高兴极了。他手舞足蹈的，像过什么节日一样。他吆喝人们，分别组成几个砍大树的劳动组；其余的，就安排他们砍小树和灌木林。整个劳动分工进行得井然有序，表现了茂丁在氏族中的威望和组织生产的能力。

独龙族的社会目前仍处在家庭公社的群体阶段。社会组织以"克恩"，即血缘村落为基本单位。茂顶氏族，既是一个有共同血缘关系的父系氏族集团，又是一个自然村寨的行政组织。所以，茂丁既是氏族长，又是茂顶寨当然的生产队长。这种特殊而合法的身份，使他在管理村寨、组织生产上具有高度的威望和无可争辩的权力。不过，在氏族长和生产队长的头衔之上，他首先还是一个普通而强悍的劳动者。他这么重视这片被称为"夺木古"的集体公有共耕地，不仅因为这种耕地占他们整个氏族总耕地面积的百分之五十至七十，而且还由于这种耕地和刀耕火种的生产方式，在独龙人的农业劳动收获中占有赖以生活的主要地位。至于被独龙人称为"夺木奢"的第二种占有土地的生产关系，则是属于几家伙有的共耕地，那要等到整个氏族集团所有的"夺木古"耕地的砍伐、烧荒和播种的生产完成以后，才能由伙有的几户人家去进行耕种。独龙人第三种占有土地的形态，那就是属于各家房前屋后私有的"结白"（即园地）和比较固定的熟地——"斯蒙木朗"（俗称为"水冬瓜树地"，即被私人种上可移栽成活的一种水冬瓜树作为占有标志）的少量土地了。独龙族这种从集体所有的到几户所有的和私人所有的三种共存的占有耕地制和进行劳动生产的形态，是他们社会发展中农业劳动的一种特殊的相互依赖和补充。由于传统的美德和血缘氏族的组织关系，人们对集体耕地"夺木古"的开发，仍然是十分卖力的。特别是那些身强力壮的劳动力，都争着去砍伐那些粗壮的大树。他们都以争到艰苦繁重的活计为光荣。

此时，这一片"咣咣——当当"回应的伐木声，在茂丁听来，仿佛是一种豪迈、壮美的音乐。这种原始的音响，使茂丁激动了。他拉起披在身上的独龙毯的一角，揩着额头上湿津津的汗水，来到女儿身边。

这会儿，阿妮和阿婻已经从山沟里捡来三块平整的石头，垒成了一个三角形的烧火灶。一口轻便的大铝锅支在三角灶上，灶膛堆放着从森林里找来的干柴火。茂丁对两个女儿的勤快感到高兴。看来，她们是忠于职守的。

"阿妮、阿婻，去年砍火山地时，是你阿妈负责烧开水给大家喝。今年，你们长大了，头一次负责烧开水，可要留下好名声啊！"

"阿爸，不就是找来最甜美的山泉吗？"阿婻咯咯咯地笑着，把竹筒装进竹箩里，背上背箩，拉起阿姐的手，去山谷里找泉水去了。

森林里多么美啊！树枝上披挂着的淡绿色的璎珞，挽着轻柔的纱巾。火红色的马樱花，好似一团团云霞。布谷鸟站在苍翠的红杉树上，翘起灰蓝色的小尾巴，发出一声声欢快而悠扬的啼鸣：

"布谷！布谷……"

阿妮和阿婻为了不辜负布谷鸟的殷勤叫鸣，便抬起头来，大声地回应着，仿佛是二重唱：

"知道啦！知道啦！我们要播种啦……"

山谷里的溪水，铮铮淙淙，叮叮咚咚，在舒畅地流淌着，仿佛是春姑娘从高黎贡山撒下来的一条银光闪闪的琴弦，被沟沟坎坎的手指拨动了。

这春天里的悦耳的音响，斑斓的色彩，清新空气，使阿妮和阿婻仿佛是进入仙境般的天地，感到欣喜不已。

"哪一条山泉最甜美呢？"阿妮看着那泛着水花的山泉，不知该怎么办才好。

"是啊，又不能先喝一口冷水尝一尝。"阿婻撒娇地摇了摇身上的背篓，"听听山泉流淌的声音，能知道哪股山泉好喝吗？"

"哦，阿妹，看颜色，准可以知道山泉美不美……"

阿妮和阿婻看了第一条山泉，溪涧里落叶太多，泉水幽暗，肯定不好喝。她们又看了第二条山泉，有些发红，那是因为它冲刷着泥土……

来到第三条山泉面前，阿妮和阿婻都高兴地停住了。白沙铺底，泉水清澈，那明朗的水花好似在喷发一阵阵野花的清香……

山泉在这儿绕了一道小弯，被深情的小池潭挽留住了。圆圆的深潭，像一面明亮的镜子，把阿妮和阿婻的笑脸清清楚楚地倒映在水里。

森林里不时传来一棵棵大树被砍倒时发出的嘎嘎嘎的声音。这声音没有惊扰山泉的宁静。阿妮和阿婻就像照镜子一样，站在泉水边，欣赏着自己美丽的面影……

阿妮和阿婻仿佛是学着春姑娘用太阳和月亮照射容貌一样，都看呆了。就在这时，有两个人向她们走了过来，她们都没有发觉……

二、文面

　　一朵马樱花被抛到池潭里，马樱花映红了泉水，粼粼的光波，荡碎了阿妮和阿婻的身影。

　　阿妮和阿婻急忙转过身来，一看，原来是边防连连长杨月堂和卫生员小李。她俩害羞地蒙住脸，嘻嘻嘻地笑着蹲了下去。

　　"哟，阿妮和阿婻长大了，把泉水当镜子照了……"杨月堂来到了泉水边。

　　"杨叔叔，你会笑我和阿妹吗？"阿妮说着，站了起来，双手还蒙住脸，只有眼睛在指缝间闪闪发光。

　　"笑哪样？"杨月堂习惯地正了正军帽，"我当连长的，每天还要照镜子，检查军容风纪呢！你们小姑娘家，照照镜子，有哪样不好的？何况，泉水又这么的明亮……"

　　"泉水再清，也没有镜子好。我和阿姐，还没有一面镜子呢。"阿婻说完了这话，又感到后悔了，"我阿爸说，等我长大了，给我们买。大雪封山这么久，驮运百货的马帮，一直进不了独龙江……"

"哦，是这样……"杨月堂的心不禁颤动了。他心里明白：过去，独龙人贫穷，小姑娘买不起镜子。成年的妇女们，由于文了面，也不愿照镜子，所以，独龙江唯一的一个百货公司进货时，常常忽略了镜子。对商业部门来说，也许这是一件小事。但对阿妮和阿嫡来说，就不能不是一件大事了。沉思片刻之后，杨月堂才问道："阿妮、阿嫡，今晚上，你们都要来连里上夜校吗？"

"是啊！"阿妮点了点头，"每次上夜校，刮风下雨，我和阿嫡都没有迟到过。"

"那好，今晚放学的时候，你们稍等我一会儿。"杨月堂向卫生员小李摆了摆手，"走吧，我们到砍火山地那边看看去……"

阿嫡毕竟比姐姐小两岁，便追了两步上来，一把拉住了杨月堂的袖子，笑眯眯地问道：

"杨叔叔，有哪样事？"

"到时候，你就晓得啦！"杨月堂故意严肃地说道，"这是军事秘密，暂时不能告诉你们。"

看着杨月堂和小李消失在密林中，阿嫡才转身回到泉水边。这会儿，那朵火红的马樱花，已被清泉带到下游去了，只在水面上留下一片激荡的光彩。阿嫡和阿妮蹲在水潭边，把一个个竹筒都灌满了泉水。接着，又将盛满了泉水的竹筒，竖直放进了背笼里。

阿妮和阿嫡额头顶着背带，脊梁背着竹笼，向砍火山地的人们走去……一路上，都听到各种鸟儿在林中婉转啼鸣。她俩在心里猜着杨月堂说的"军事秘密"，默默走着。除了鸟儿的歌唱，还有泉水在竹筒里发出咣咣当当的响声。仿佛泉水是顺着她俩的脚印、沿着她俩的脊梁在缓缓地向前流淌……

"嘎嘎嘎……唰啦啦……"这震动森林的响声说明火山地那边又有几棵大树被砍倒了。她们知道，砍大树、出大汗的人们多么需要这甜美的泉水啊！于是，她们加快了脚步……

晚上，月亮刚刚爬上竹梢，阿妮和阿嫡就来到了边防连俱乐部上夜校。

下课以后，阿妮和阿嫡在门前点燃了火把，火光把她俩洋溢着希望的笑脸映成两朵红花。正在期待的顾盼中，杨月堂连长走来了。

"杨叔叔，什么军事秘密呀？让我和阿姐猜了好久……"阿嫡手上举着的火把，火苗被夜风吹向一边，呼啦啦地拂动着。

杨月堂忍不住笑了。他从衣袋里掏出一样东西，用宽大的手掌握住，再伸出手来，"给！我送你们两姐妹一潭清清的泉水！"

"啊！是小镜子……"阿嫡接过那明晃晃的物品，高兴得跳了起来。

阿妮有些羞涩，站在妹妹的背后，忸怩着说道："杨叔叔，我阿爸，会准我们要吗？"

"你阿爸呀，比你还性急呢！开春后，他跑连里已经有两次啦。他说，要是有人去贡山县城，就帮他买两面镜子……"

"哦！那准是要买给我和阿姐的了。"阿嫡嘻嘻地笑着，借着火光用镜子照了照脸，又把镜子递给阿姐，"可还是杨叔叔更懂得我们独龙姑娘的心思……"

那燃烧的火把，那红润的独龙姑娘的笑脸，那反射着火光和笑脸的明镜，在杨月堂的眼前像一朵朵流霞飘过。只有他才明白，他给阿妮和阿婻送镜子的真实用意。他想让这两个犹如花朵般美丽的独龙姑娘，从镜面的反射中，认清她们长得有多么的美丽。可惜，这种天然的美丽，对独龙姑娘来说，是短暂的。她们的脸上，将要被刺上花纹。这种落后的文面习俗，常使杨月堂陷入一种沉痛的思索中。然而，改变这种习俗，既不能操之过急，也不能靠外族的反对或是靠一通行政命令就加以制止，最大的力量，在于独龙族内部，在于独龙姑娘的文面与不文面的审美观的认识和改变。难道独龙姑娘不会通过镜子来发现自己容貌的天然美丽吗？会的。那时她们就会发问：为什么这种美丽，要被文面毁坏呢？

等到独龙姑娘认识到文面是对美丽的一种摧残的时候，她们自然就会起来对文面进行抗争了。那时，会比他这个当连长的外族人说的一千句动员话都更有说服力。而这面镜子，就作为自己思想上的一颗火星，让它去点燃独龙姑娘心灵上的火炬吧。

阿妮和阿婻边走，边借着火光照镜子。当她们从镜子的折射中感觉到杨连长仍举着火把站在灿烂的星空下，便回过头来，向他挥挥手，感谢这位给独龙江带来了光明的解放军叔叔，又送给她们这种亮闪闪的能映出笑脸的礼物。

杨月堂看着阿妮和阿婻的火把，被黑黢黢的远处的山林渐渐吞没了，这才返身向连部走去。

慢慢地，阿妮和阿婻看到了自家的千脚木楼了。

独龙人居住的房屋以许多棵原木为柱，中间架横梁和竹篾为楼，下层关养猪鸡，上层住人，房顶覆盖红杉木板，四周则竖立木椽为墙。为了适应较大的家族居住，木楼是长方形的，可以分隔好几个房间，给成了家的兄弟或儿子居住。若是俯身下看，只见楼下柱脚林立，因此，被称为千脚木楼。

此时，阿妮和阿婻看见木椽墙的缝隙透出的斑斑驳驳的光影，想象到屋里那红红旺旺的火塘、那热热烈烈的气氛，不禁加快了回家的脚步。

阿妮和阿婻在楼下的木梯前扑灭了手里的火把，用地上的灰土掩盖了冒烟的柴火，这才噔噔地踏着独木梯走进屋里。只见阿爸和卜松大爹正坐在火塘边喝茶，阿妈木金娜在一旁绩麻。今晚不知怎么的，三个老人的脸上都流露着神秘的微笑。

卜松大爹是从独龙江上游的果诺罗氏族迁居来的。他虽然不是茂顶氏族的人，但为人厚道、勤劳，受到人们的信任和尊敬。卜松与茂丁家同住这幢长方形的千脚木楼上，只不过中间用竹篾笆作墙隔开来，另有一个火塘，另开一道门户。由于卜松是孤身一人，就常来茂丁家闲谈。茂丁与卜松像兄弟一样亲密，凡是重要事情总要找他商量。

看着阿妮和阿婻在火塘边坐下后，茂丁笑眯眯地开了口："阿妮，阿爸的乖囡！你已经成年了，该给你文面了……"

阿妮把头伏在膝上。火塘里燃烧的柴皮，炸裂出一片炫目的火星。阿婻看了阿姐一眼，只感到胸闷得慌。她很想从怀里掏出镜子来给阿姐照一照脸，但她还是不敢这样做。

"阿妮，一条路踩出来，众人就得跟着走。独龙人祖祖辈辈的老规矩，我们要照着做。"卜松端起茶碗来喝了一大口酽酽的茶水，抹去胡须上沾着的金色的水珠，又接着说道，"布谷鸟叫了，就要播种。姑娘长大了，就要在脸上刺绣花朵。阿妮，你可乐意呢？"

"我晓不得。"阿妮的声音很轻很低。

"文了面，难看死啰！"阿婳总是比阿姐要大胆得多，此时，她再也忍不住心上的话了，"卜松大爹，你还说哪样花朵呢？怕是干枯了的花朵吧！"

"咦，小姑娘家，多嘴多舌的。明年春天，你也得文面啰！"阿妈木金娜的眼光看不出是责怪还是溺爱，"野百合不开花，结不起百合子。脸上不刺花纹，像哪样独龙姑娘？"

"画眉鸟从蛋壳蹦出来，长到会唱歌，还要换三次羽毛。姑娘长大要出嫁，也就得变三变呀……"茂丁看到阿妮把脸转了过去，以为是她感到害羞了，就直截了当地说道，"我今天在山上采来了蓝靛草，刚才用锅烟灰和蓝靛草拌好了墨汁。阿妮，今晚就给你文面……"

阿妮的身子在战栗。她很想哭，却不敢哭出声来，她见过姑娘们被文面时的疼痛情景。如今，真的要轮到自己了么？自己曾经盼望着长大。如今长大了又要文面，那还不如永远做一个小姑娘呢！

"阿爸……"阿婳一下子扑在茂丁的膝头上，哭泣着哀求道，"文面，又疼，又不好看，你能免了我阿姐么？"

看看泪珠从阿婳光洁细嫩的脸上滚落下来，茂丁也显得动情了，眼角下的肌肉在不由自主地抽动着。他伸出粗糙而发黑的手掌，轻轻地抚摸着阿婳披落到肩头的长发，许久都没有说出一句话。

茂丁不是没有话可说，而是不知道该怎么说，看得出来，茂丁此时的心情是矛盾的。他认为，他只不过是在贯彻和捍卫一种祖祖辈辈沿袭下来的传统习俗；而在传统面前，即使认识到这种传统已经是不对的了，有时也无能为力。走前辈人走过的老路，就是错了，那也是前辈人的错。改变不如照旧，抗拒不如遵从。人，就有这种惰性和奴性……唉，在女儿面前，茂丁又怎么能把此时自己的这种复杂心情向必须服从他的下一辈作表白呢？

"阿婻，你阿爸是氏族长呢。自家的姑娘不文面，破坏了独龙人的规矩。以后，他说话还有人听吗？"木金娜放下麻绳，转过身去，从竹篾墙脚抬出一个竹碗，用一根竹棍搅拌着碗里的烟灰汁，说道，"来，阿妮，阿妈先给你在脸上描一个好看的花纹……"

"好看的花纹？阿妈呀，再好看的花纹，刺到好看的脸上，就变得难看死啰！"阿婻还没有把她的心里话完全说出来，她怕刺伤了阿妈的心。但是，在阿婻的眼里，阿妈那刺了花纹的脸，是好看还是难看，不是明摆着的吗？

当然，在阿婻的心上，母亲再丑，也并不觉得丑。那是由于伟大的母亲的爱，可以改变儿女对母亲的美与丑的真实的评价。因为，从阿婻一睁开自己小小的眼睛的那个时刻起，她就看到了母亲的那一张刺上了蓝黑色花纹的脸了。在阿婻小的时候，曾经以为，母亲的脸生来就是那样的，她从来也没有觉得母亲的文面是丑的。儿不知母丑，儿不嫌母丑啊！后来，阿婻长大了，亲眼看到姑娘们一个个地被文面后，才知道母亲脸上的花纹并不是天生的。这时，她才开始用自己的脸和阿姐的脸，去同母亲的文面作比较，才渐渐地产生了好看和难看的具体的认识：如果自己和阿姐的天生的脸是好看的话，那么，母亲在出嫁以前，也许还更好看呢！

如今，文面的事实，眼看着就要降临到阿姐的头上，阿婻怎能不感到异常地震动呢！

也许，阿妈为了缓和阿妮的紧张心情，此时，脸上呈现着微笑。可是，微笑扯动着阿妈脸上的一道道蓝黑色的花纹，反而使阿婻感到一阵无名的恐怖。她不能不承认此时此刻自己产生了这样的感觉：呵，为什么阿妈的脸，在微笑的时候，那笑纹也没有能掩盖了花纹所带给她的丑陋呢。

在这一瞬间，不知怎么的，阿婻忘却了自己的身份。她不由得伸出手去，从阿妈的手上夺过了那只盛满了染料的竹碗……

显然，阿婻的这一举动，刺伤了她阿爸、阿妈的自尊心，使两个老人把原本心上还浮游着的几缕温情全部都驱散干净了。

首先是茂丁一跺脚，震起了火塘边的一片黑色的烟尘。

接着，木金娜满脸怒色地一反手，从阿婻手里抢过了竹碗，斥责道：

"阿婻，在你的眼里，还有家族的规矩么？还有生你养你的阿爸和阿妈么？"

"你们生养了阿姐和我，我们感恩不尽。可为什么要把阿姐天生的脸，刺上花纹呢？"

是的，刚才，在阿婻的眼里，只看到刺了花纹的阿妈的脸，是多么的难看啊！

本来，阿婻还想争辩几句，但软弱的阿妮，早已吓坏了。她急忙过来拉住了阿婻的手，央求道：

"妹妹，天上的雷公雷婆惹不得。阿爸阿妈的话，反不得。

老人家也是为我们好啊！"

阿妮历来是顺从父母的。她想，既然祖祖辈辈传下来的规矩说姑娘长大要文面，阿爸、阿妈都已经定了，还有哪样说的呢？眼下，为了不把事情闹大，便在阿妈的前面坐了下来，把头靠在阿妈的怀里。

阿婻一赌气，扭过身子，背靠火塘坐着，看都不看一眼。

见阿妮愿意文面了，木金娜压住火气，用竹根蘸了烟灰汁，在阿妮的两颊、上唇、下唇、鼻尖以及下颌等部位描下了一道道花纹。刺面的事，木金娜知道疼痛难耐，自己不忍心下手，就请卜松来帮忙。

卜松用火灰泡硬了几根竹针，来到了木金娜身边。阿妮仍依靠在阿妈的怀里。卜松一手持竹针，一手持木槌，照着木金娜描好的花纹，在阿妮的脸上，用竹针刺着，用木槌拍打着……

听到阿妮不时发出的一声声疼痛的呻吟，阿婻转过身来，看到阿妮的脸上被竹针刺破后冒出一点点鲜血，阿婻淌出了眼泪，感到一阵心酸。

"阿姐，疼得很吗？"

"嗯，嗯……"阿妮忍受着钻心的疼痛，双手紧紧地抓住阿妈的两腿。

茂丁端着蓝靛草拌和了锅烟灰的墨汁，蹲在一旁。随着卜松的针刺，茂丁用一块布抹去血水后，就用饱含墨汁的草渣，在阿妮脸上的创口揉擦着，让墨汁浸入血孔……

刚才还是一张多么好看的脸，此时已是斑斑点点，黑蓝色的墨汁和血水混杂在一起，阿妮的脸被改变了模样。阿婻再也看不下去了，用双手蒙住眼睛，泪水顺着指缝流了出来。阿嫱的脸上仿佛也被针刺一样地疼……

过了一会儿，阿妮的脸终于按花纹刺完了。她满脸涂抹着墨汁，只有眼睛和牙齿还有一点亮光。阿嫱真想从怀里掏出杨连长送她姐妹的镜子，让阿妮看一看脸啊！但她忍住了，只是眼泪汪汪地问道：

"卜松大爹，你老人家说实话，文面好看吗？"

"唉……"卜松低下头来，"叫我怎么说呢？我讲讲二十年前，我经历的一个故事吧……"

三、雨夜

    独龙江北部的江头叫独龙日迈俄，江水发源于西藏的察隅；独龙江西南部的江尾叫独龙日迈尼，与缅甸的克钦邦相接壤。独龙江全长三百多华里，纳入高黎贡山和担当力卡雪山流出的狄布勒、狄麻、托洛、布卡王等几条小河之后，流入缅甸境内，就称为恩梅开江。在独龙江这个狭长的河谷里，劳动生息着我国人数最少的一个少数民族——独龙族。到五十年代初期，人口只有两千多人。

    一九五一年春天，当布谷鸟欢唱的时候，独龙人听到了一个新词——"解放"！但究竟什么叫"解放"，他们还来不及知道更多的具体事情。接着，在一个百花飘香的美好日子里，一小队解放军人马从怒江那边翻过高黎贡山来到了独龙江边的茂顶寨。附近村寨的人们奔走相告这一喜讯。不少人家从解放军那里领到了盐巴、红糖、毯子、衣服等生活用品，以及砍刀、锄头等生产工具。同时，还听到了祖国内地的许多新鲜事情。

等到江口和江尾的一些独龙人赶到茂顶寨来领救济物资的时候，解放军已经翻过高黎贡山，回怒江去了。但是，解放军还留下话：等今年的树叶变红了，大雪下完了，又到雪山解冻以后，明年夏天，还要来；要请马帮驮着更多的好东西来……

在这些来晚了一步，没有见到解放军的独龙人当中，就有卜松。他借宿在茂丁的家里。晚上，在火塘边，茂丁招待他喝解放军送的红糖茶，还给他讲解放军的一个长官是怎样的亲善和热情。卜松抚摸着解放军发放给茂丁的那把砍刀，他的心仿佛也翻过高黎贡山，沿着怒江的流水，追随解放军的人马去了。

第二天辞别的时候，茂丁慷慨相赠，把解放军送给他的盐巴和红糖一样分出一块，给卜松带上……

卜松沿着独龙江溯流而上。他经过弄拉、学哇当、滴朗、鲁葱、白丽等村寨的时候，就把那两块红糖和盐巴拿出来给独龙人看，还给每一个氏族分别留下一小坨红糖和盐巴，让大家都尝尝。

等卜松回到自己的氏族——果诺罗氏族的时候，由于他沿寨进行分发，红糖和盐巴就只剩下巴掌大的两小块了。他还是把红糖和盐巴平均分成两份，一份就送了族长，另一份用干芭蕉叶包好，装进他亲手编织的一个有着鱼形图案的竹篾里，就继续北上了。

为什么卜松回到家里，还要向着江口——那白云飘荡的地方走去呢？这里头还有一个故事。

原来，今年年初过"卡秋哇"（年节）的时候，姜木雷氏族的族长邀请果诺罗氏族的一些亲友去过节。卜松便是其中的一个客人。

到姜木雷的第二天，就举行了"卡秋哇"最隆重的剽牛祭天的仪式。一开始，老族长在人群的欢呼声中牵出一条肥壮的黄牛，拴在祭场正中的木桩上。接着，一位年轻的姑娘走近了黄牛，在牛角上挂上一串珠链，在牛背上披盖起紫红花纹相间的独龙毯……

这姑娘长得十分漂亮，看样子刚刚到了成熟的年龄，但还没有文面。卜松看得入迷。便问一位老猎人，才知道那姑娘名叫兰萝，是姜木雷氏族首屈一指的美人。

后来，姜木雷氏族一个最英武的青年用竹矛猛剽黄牛的腋下，牛狂叫着倒地的轰动人群的场面，卜松却没有看了，他一直用目光紧紧地盯住兰萝的每一个手势、每一次欢笑。当铓锣当当敲响，人们踏着铓锣的节奏，挥动长刀，舞起弩弓，结成圆圈，纵情地跳起"牛锅庄舞"的时候，看到兰萝加入了舞圈，卜松才赶忙挤到了兰萝的身边，跟她一起跳舞。

卜松就这么与兰萝在牛锅庄舞会上相识，并对她产生了爱情。当卜松在兰萝面前纵情地跳着粗犷的舞蹈，时而挥舞着锋利的长刀，时而挥舞着强劲的弓弩，兰萝被他那如火的目光，点燃了胸中的青春之火，对他也报以健美的舞姿。

卜松和兰萝精彩的对舞，很快成了舞场上人们瞩目观望的中心。卜松像一头雄壮的马鹿，兰萝像一支鲜艳的孔雀，他们时而狂热奔放地展开角逐，时而脉脉含情地翩翩起舞；动作是那样地和谐，表情是那样地生辉，使他们的两颗心，都沉浸在激情的波涛中……

卜松和兰萝也算是有缘分的。刚好，卜松的果诺罗氏族与兰萝的姜木雷氏族，是两个固定的开婚氏族。果诺罗氏族的每一个成年男子，都可以成为姜木雷氏族的每一个成年女子的丈夫。因此，姜木雷氏族的未婚女子，都把果诺罗氏族的未婚男子称为"楞拉"，意思是"我的丈夫、男人"。而果诺罗的未婚男子，则喊姜木雷氏族的未婚女子为"仆玛"，意思是"我的妻子、女人"。这种通婚关系，在这两个氏族中，男娶女嫁是不能颠倒的。即姜木雷氏族的成年男子，不允许要果诺罗氏族的成年女子为妻，他们得要到别的氏族去找妻子。至于在本氏族内部，成年男女更是绝对不能成亲通婚的。因为他们都是大家庭中的兄弟姐妹，这种婚姻形态，是为了防止血统倒流，从而形成了氏族环状外婚集团。假如非通婚集团之间的男女相爱，则由于不能成婚而往往酿成爱情婚姻的悲剧。

由于卜松与兰萝就是固定的开婚氏族，因此，他们之间便毫无顾忌地相谈起来。当卜松满心欢悦地向兰萝唱起了传统的表达恋情的"曼珠"（即兴调子），姜木雷氏族里的小伙子，便兴高采烈地为卜松弹口弦、吹笛子作伴奏。

接着，卜松和兰萝又被卷进了男女对跳的"拉姆"舞的舞圈。当"拉姆"舞在欢呼声中结束的时候，卜松再也控制不住自己的感情了，他大胆地告诉兰萝，开春以后，他要去深山猎取一头野牛，来向她求婚。兰萝没有说话，只是微笑着点了点头，就跑开了……

不一会儿，刚才剽倒的那头黄牛，已被分割成许多碎块。参加聚会的人，不论男女老少，每人都平均分得一份。卜松领到一串肉的时候，顺便问了问族长，这头黄牛是从哪儿换来的？老族长认为这是客人对他们氏族能剽这么肥壮的牛表示赞赏。昂起头来，顺手理了理披在肩头的长发，自豪地说：

"呼哦，这头黄牛是察瓦龙藏族土司牛栏里最大的一头，我们用多多的熊胆、麝香、豹皮、虎骨换来的啰！"

老族长说完，也同众人一样，领取他应得的一份牛肉。此外，他以族长的身份，得到了牛头。当老族长把牛头扛到肩上，手舞足蹈地加以炫耀的时候，人群中又发出一阵热烈的欢呼……

那难忘的姜木雷氏族的"卡秋哇"节，那美丽的兰萝姑娘，使卜松一回忆起来，就感到激动。现在，卜松从茂顶氏族那儿得到了解放军发放的红糖和盐巴，怎能忘记兰萝呢？这珍贵的礼物再少，也要给姜木雷氏族送去。

一路上，江涛呼吼，猿声啼鸣。卜松紧走不停。傍晚的时候，他才看见姜木雷氏族寨子升起的炊烟。等卜松走近了些，发觉那不是炊烟，而是房子被焚烧的火光。他惊慌了，急忙向寨子奔跑去。

"莫非那是发生了火灾？"

卜松来到寨口，遇到惊惶逃跑的人群。有的妇女背着娃子，有的老人抱着母鸡，有的男人搂着小猪，有的小伙子扛着装有谷子的竹筒……

卜松想拦住问话，人们都顾不及回答，径直向山林里跑去。

"这究竟是怎么回事呢？"卜松也显得紧张起来了。

他跑了一段路，在一棵董棕树下，卜松碰到了一位老猎人，老猎人名叫迪拉嘎。卜松与他在年初的"卡秋哇"节上相识时，彼此都留下了好印象。

"大爹，寨子里怎么啦？"

"唉，察瓦龙的藏族土司翁谋亲自领着一群家兵来索要过年时借他们的那头黄牛的借款……"

察瓦龙，是西藏与云南的独龙江交界的一个边境地区，解放前，翁谋土司经常到独龙江来，要独龙人向他们纳税进贡。现在，西藏虽然宣布和平解放了，但解放军还没有进藏，有权势的还是那些土司、大喇嘛和藏官。独龙江地区，解放军也只是来了一下就走了。所以，藏族土司照常到独龙江来横行霸道。

"我记得，老族长说过，那头黄牛，不是已经给过他们好多熊胆、麝香、豹皮、虎骨了吗？"卜松感到气愤不已。

"藏族土司说，那些东西还不够。这会儿，土司的家兵正在寨子里抢我们的独龙姑娘去抵牛债呢……"

"啊……"卜松的心猛一紧缩，仿佛突然遇到了雪崩的袭击。"见兰萝了吗？"

"兰萝？哎，别提兰萝啦！"迪拉嘎一顿足，又摇了摇披着长发的头："兰萝是村子里最好看的姑娘，又还没有文面，她是第一个被藏族土司抢走的姑娘……"

"我跟他们拼了！"卜松从身上解下弩弓，又从猴皮箭袋里取出一支特制的毒箭，向前追去。

"土司兵有洋枪。你可不能与他们硬拼，再白送一条命哪！"迪拉嘎一把拽住了卜松。

卜松使劲一挣，就向寨子里冲去。当他跑到兰萝家的庭院，兰萝的阿爸和阿妈正扑在阳台上痛哭呢。兰萝的阿姐肯兰丁已经文了面，没有被抢走，在一旁劝慰着父母。卜松问了问情况，便离开兰萝家，追踪土司兵去了。

血红的晚霞，燃烧在山巅。卜松追出寨子不远，迪拉嘎从身后赶了上来。

"老大爹，请你不要阻拦我！兰萝抢不回，我宁肯死！"

"卜松……"迪拉嘎气喘吁吁地说，"土司家兵多呀！我来助你一臂之力！"

卜松扑通一声，向迪拉嘎下跪表示感谢。他来不及揩去涌出的眼泪，便在迪拉嘎的带领下，向前追去。

有迪拉嘎的指点和帮助，卜松冷静多了。他也认识到，要抢回兰萝，只能智胜，不能硬拼，便决定采取偷袭的办法。

天黑的时候，翁谋土司和他的家兵在一个名叫龙滚的寨子里宿营。卜松和迪拉嘎也追踪到了龙滚寨。天上飘着细雨，乌云郁积，没有星月的光辉，寨子里一片漆黑。当卜松和迪拉嘎经过反复侦察，终于查明了关押兰萝的地方，正要采取行动的时候，突然看到两条黑影从那幢千脚木楼里窜了出来。等黑影临近了，卜松一看，前边的是一个藏族家兵，后边的正是兰萝……

他们来不及说什么，便悄悄地跑到了寨外。卜松一问，原来是这位善良的藏族家兵不忍心独龙姑娘遭受土司的蹂躏，就偷偷地放了兰萝，并带她逃出了魔掌。兰萝见了卜松和迪拉嘎大爹，真是悲喜交集。卜松对藏族家兵感激不尽，便说道：

"请阿哥留下大名，今后好报答！"

"不消啦！我也是受尽了土司的折磨，准备逃往丙中洛去投靠亲友的。"藏族家兵说完，顶着寒凉的风雨，转身向一条小路走去。

卜松追上前去，从挎包里拿出那个竹篾盒递到那位藏族家兵的手上："篾盒里装着解放军送给独龙人的红糖和盐巴，你路上吃吧！"

那个藏族家兵没有打开篾盒，只看了一眼，见篾盒上有一条用金色的竹篾皮编成的鱼，那鱼仿佛在风雨中活蹦乱跳……

四、翻山

高黎贡山上那独特的粉红色花瓣包含着紫色花蕊的野茅花开放了！这是独龙人最喜爱的花朵，也是他们的一种甜美的野菜。野茅花像一片片彩云，飘浮在茫茫林海的绿色树涛之上，更加显得鲜艳、诱人。

独龙姑娘们，就像刚刚迎来春天的蜜蜂，被野茅花溢光流彩的姿容所吸引，纷纷到森林里去了。由于阿妮的脸被刺上花纹，创口还没有完全脱痂，阿嫱劝姐姐在家养伤，她就跟着女伴们去山上采摘野茅花。

下午，从森林里回来了，她背着满箩的野茅花，带着满身的花香，还有几只恋花不舍的蜜蜂，进到了千脚木楼里。屋里一个人也没有，她知道，阿爸和阿妈是到自家的"斯蒙木朗"地（即四周所有水冬瓜树作为占地标志的私有的熟地，一般面积较小）播种去了。可是，阿姐到哪里去了呢？

阿姗把背箩放下，来到阿姐和她共用的火塘边。只见三脚架旁边的一块石头上，有着晶亮亮的镜子碎片……

"啊，一定是阿姐的文面脱痂后，她照了镜子，一气之下，便把镜子砸烂了！"阿姗知道，自从阿姐被刺面以后，这三天来，她的心情是极为矛盾和复杂的。就本意讲来，阿姐是不愿文面的。卜松大爹向她们讲了他和兰萝的故事，那又能说服得了人吗？

五十年代初期，西藏察瓦龙和独龙江地区尚未进驻解放军，没有建立起人民政府，独龙人民还受到异族统治者的压榨和掠夺。但现在是什么时候呢？解放快二十年了。那些为非作歹的藏族土司和蓄奴主，不是早已打垮了吗？解放前和解放初期经常发生的那种抢劫独龙姑娘去抵牛债、抵苛捐杂税的血和泪的悲剧，是再也不会重演了。可是，文面的陈规陋习，仍然无法废弃，姑娘长大了文面，依然是天经地义的事，谁不文面，谁就是大逆不道。

阿姗说，现在，既然没有藏族土司来抢独龙姑娘了，干吗还要文面呢？

卜松和茂丁异口同声地说，文面是祖祖辈辈传下来的老规矩，不能改变的。

阿姗就问：难道独龙人的祖祖辈辈以前的祖祖辈辈，也是一开初就规定独龙姑娘必得文面吗？

卜松大爹也还是个老实人，他如实回答说，听老人的老人传下话来说，独龙人的先辈们也并没有文面的习俗。是什么时候才开始让独龙姑娘文面的呢？

老人们都一致说，大约在独龙人的二十多代人以前，也就是近两三百年以前，才有了独龙姑娘文面的历史。

至于为什么要文面，那说法就多啦。有的老人说，是为了让妇女显得更美。不过，对这种解释，连说这话的老人也忍不住讥笑着摇头否定了。有的老人则说，由于独龙族处于原始的氏族社会，妇女们的不同花纹的文面，是区分其他民族和本民族各个家庭集团的妇女的一种标志。还有的老人说，妇女文面后可以避邪，可以求得鬼神的庇护……

阿嫦就问，既然如此，那么，男人为什么就不文面，莫非男人就不需要避邪，就不需要鬼神的保护了吗？

阿嫦的问话，弄得卜松和茂丁哑口无言。

最后，卜松才结合自己的不幸遭遇，讲了老祖辈们的老祖辈们传留给男人们的真心话。

独龙人自古以来，就在遥远偏僻的独龙江劳动生息。男人们打猎、烧山、种地、捕鱼，妇女们织麻、采集、做饭、领娃娃。姑娘们个个都长得十分漂亮，像一朵朵鲜花。

后来，强悍的藏族土司和傈僳族奴隶主侵入美丽、富饶的独龙江。他们每年都要派管家、士兵来向独龙人征税，名目之繁多，甚至连独龙人的耳朵、鼻子、头发等，都列入纳税的范围。如缴纳不足，就要抢掳独龙姑娘去糟蹋，去做奴隶。为了使妇女们能逃避欺凌和蹂躏，男人们先是给妇女毁容，后来才渐渐发展为：姑娘一成年，就在脸梁刺上永远洗不掉的黯墨青纹……

文面的历史渊源，浸泡在血和泪的岁月里；独龙姑娘脸上的花纹，本是饱受压迫的烙印啊！

如今，世道虽然不同了，但文面仍作为一种不可改变的习俗，在改变着独龙姑娘的容貌。这是多么令人心酸和痛楚的啊！

阿妮的文面，绝不是她心甘情愿的。当她发现她的美貌已被文面所毁，她怎能不感到气愤，不摔烂镜子呢？

"啊，阿姐，阿姐……"阿婻从回忆中激愤起来，弯下腰去，从地上捡起一块块破碎的镜片。

阿婻把破碎的镜片摆在手掌上拼凑着。但是，破镜已经不能重圆了。而且，破镜的那一道道裂痕，还把阿婻的一张美丽而完整的脸，分割成几片残缺的、丑陋的脸。

"呵，呵……"

阿婻禁不住喊了起来，感到一阵恐惧。她想到那个晚上，阿妮被迫文面，那墨汁和着眼泪与血水，渐渐席卷了阿妮天生的美貌时的情景。

"阿妮要是一时想不通，寻了短见，那怎么得了啊……"阿婻把破碎的镜片扔进火塘里，就急忙跑出家门，去寻找阿妮。

"阿姐，阿姐……"寨后的竹林里回荡着阿婻的呼唤。但是没有阿妮的回音。

阿婻找到寨头，还是不见阿妮的踪影。她焦急了，连忙向寨外跑去。这时，遇到一位老大妈，一问，才知道阿妮哭泣着，用双手蒙住脸，向江边跑去了。按照老大妈手指的方向，阿婻追到了独龙江边。只见阿妮正趴在白鱼湾的一块青石板上，她的眼前就是泛着激流浪花的深渊。

"阿姐！阿姐……"阿婻像飞一样地跑到青石板上，一把拉住阿妮："你怎么啦？"

阿妮抬起头来，满脸是泪珠和水花，还有那黑蓝色的花纹，几天前那还是美如花朵的脸面哪，如今已改容颜，变丑了。

"让我洗！让我洗！我不要这文面……"阿妮伏下身子，把脸贴着水面，用双手捧起水来使劲地擦洗着脸。

可是，这滔滔的独龙江水，已永远洗不去刺染在阿妮脸上的黑蓝色的花纹了。

阿婻感到一阵伤心，就像被抽去了脊骨一样地软瘫在青石板上。她不禁陪着阿姐痛哭起来。姐妹俩的泪水，滴落到独龙江里……

哭够了，阿婻才劝着阿姐回家去。走在路上，阿妮还一再叮嘱妹妹，为了不使父母生气，千万不要讲出她砸镜子、洗文面的事。

晚上，全家人围着火塘吃饭时，茂丁和木金娜借着火光，不时看看阿妮的文面。他们微笑着，心想：阿妮文了面，别的氏族的人就会带着礼物上门来求婚了，说不定，还会拉一头黄牛来定亲呢……

第二天早上，阿婻突然生病了。她觉得头在发烧，肚子像坠着几坨大石头一样的疼。

茂丁问女儿，昨天去了哪里。阿妮代妹妹作了回答，说：去山上采野茅花，还到了独龙江的白鱼湾……

木金娜一听，就认定女儿一定是闯着"齐不朗"（山鬼）和"瓦松不朗"（水鬼）了。她叫茂丁赶快去请"夺木萨"（专门从事驱鬼的巫师）来送鬼。

本来，茂丁是族长，还兼任氏族里的"纳木萨"（社会地位比"夺木萨"高的巫师，一般只主持祭神和打卦，不作驱鬼的小巫术）。独龙人认为，给自家人驱鬼，请别的"夺木萨"来，更灵一些。于是，茂丁便亲自去把寨子里年纪最老、威望最高的"夺木萨"孟布多老爷爷请来了。

第一天,孟布多老爷爷杀了一只公鸡,口中念念有词地闹了一阵,发誓说,他一定要把"齐不朗"(山鬼)驱赶到山林里去。

第二天,孟布多老爷爷杀了一头小猪,口中念念有词,又闹了一阵,拍拍胸膛说,他一定能把"瓦松不朗"(水鬼)驱赶到独龙江里去。

到了晚上,孟布多老爷爷代替山鬼和水鬼吃了烧鸡和烤小猪,又喝了几大碗酒之后,用手背抹了抹嘴皮,笑着说道:

"阿嫡的肚子,是被鬼咬疼的啰!现在,从山里来的鬼,撵到山里去了。从水里来的鬼,赶到水里去了。明天,阿嫡就会好啰!"

可是,到了第三天,阿嫡的肚子疼得更厉害了。按照独龙人驱鬼的等级,如果杀了鸡、杀了猪还没有把鬼驱走的话,那就该杀牛来驱鬼了。因为宰杀的牲畜越大,表明祭献者的态度越虔诚,才能把鬼彻底地赶走!

可是,茂顶氏族连一头牛都没有。晚饭后,在阿嫡病痛的呻吟声中,茂丁、木金娜和卜松,围坐在火塘边,商议着怎么才能搞到一头牛来驱鬼。卜松走遍了独龙江,见多识广。他说,藏人养的牛,多多的有,靠近西藏的姜木雷氏族,肯定能找藏人换到牛。从固定通婚的集团来讲,茂顶氏族的姑娘,恰好是要嫁给姜木雷氏族的。于是他们决定,为了救阿嫡的命,等不得人家来向阿妮求亲了。明天,由卜松主动去姜木雷氏族议亲。有愿娶阿妮的人家,就出一头牛作订婚聘礼……

虽然,茂丁和木金娜感到阿妮的年纪还小,出嫁尚早,但为了救阿媹的命，也只好同意卜松的这个主意了。

阿妮正坐在自己房间里的火塘边，守候着妹妹，听到父母和卜松的议论，她们不禁感到一阵心酸：莫非自己就要出嫁，就要离开这个相依为命的火塘了么？不过，转念一想，要是真能把妹妹身上的鬼赶走，拿她去换一头牛，她也愿意的。但就怕杀了牛祭了鬼，妹妹的病仍然不会好，那又怎么办呢？

就在这时，有人在外边喊阿妮去连里上夜校。本来，妹妹生病，阿妮是不打算去的了。但由上夜校想到解放军，便决定去向杨连长求救。

阿妮披上独龙毯，举起火把，与女伴们来到连里。她没有去俱乐部上课，就找到杨连长，把妹妹生病的情况向他说了一遍。

杨月堂一听，心急如焚，就叫上连里的军医和卫生员小李，跟着阿妮向茂顶寨走去。

杨月堂是最早到独龙江开展工作的民族工作队的副队长。独龙江驻军后，他被任命为连长。十多年来，他与独龙人结下了深厚的情谊。独龙人不论男女老少，都尊敬他，信任他。不一会儿，杨月堂领着军医和卫生员来到茂顶寨，进了茂丁家。说明来意后，茂丁、木金娜和卜松即使再迷信祭鬼，也没有阻拦解放军给阿媹看病。因为他们都认为，杨连长对独龙人怀着一颗金子样的心……

经过军医对阿媹的病情检查后，诊断为急性阑尾炎。如果再搞什么杀牛驱鬼的荒唐事，又耽误几天，阿媹就没有命了。军医说，由于连队缺乏动手术的条件，阿媹要赶快抬到贡山县医院去，杨月堂把军医的意见用独龙话又说了一遍。茂丁一家人和卜松都连连点头，表示同意。他们都相信这一句话：布谷鸟唱的歌，是为独龙人好；解放军说的话，更是为独龙人好！

接着，杨月堂又说，连里刚好接到电报，通知他去营部参加什么"学习班"。他决定明天就出发，带上通讯员和卫生员，三个人换着抬担架，可以负责把阿婻送到县医院去。

茂丁感到有点过意不去，便邀请卜松跟他一起去抬担架，路上也好轮换一下，大家都不会太劳累。事情就这么商定了。

第二天一早，他们就踏上了攀登高黎贡山的艰难行程。由于高山积雪消融，溪水横流，道路成了水沟。人们常常涉水登山，路上又多是卵石，行程艰难，走得很是缓慢，中午时分，才来到山桃坪。

山桃坪，坐落在高黎贡山西麓的半山腰。上段和下段坡势很陡，唯有这里是一片慢慢倾斜的草坪。早些时候，这里没有地名，后来有两棵山毛桃树在这儿渐渐长高、长粗，行人常在树荫下歇脚，才有了这个称呼。在过往的独龙人和傈僳人中有这样的一个传说：为什么这儿会长出两棵山毛桃树呢？因为解放初期那阵子，解放军一队人马去独龙江，在山那边路过一个傈僳族寨子时，一位傈僳老大妈给解放军送了一麻袋山毛桃。解放军同志走一段路，吃两个山毛桃，便把桃核种在路边。来到这里时，只有副队长的挎包里还剩下两个山毛桃了，副队长舍不得一人独吃，便让战士每人咬了一口桃肉，吃光了，才把种子就地种下。后来，这里就长出了两棵山毛桃树。从这儿往山上走，再翻山下岭，沿路都有山毛桃树，那都是解放军种下来的。

现在，知道这个传说的人越来越多，但由于当年的战士们都复员回乡了，真正知道这个传说的底细的人，就只有杨月堂了。但由于他不愿细说，所以，人们还不了解，那个在这儿播种山毛桃的副队长，正是杨月堂自己啊！

后来，当杨月堂与战友们或是与独龙人经过山桃坪时，人们总要讲起这个传说，问起那个播种这两棵山毛桃树的副队长是谁，杨月堂都是默默地微笑着，说，那个副队长是他的战友。

此时，杨月堂和茂丁一前一后地抬着担架，来到了山毛桃树下。卜松几步跨上前来，建议在这儿歇脚休息，停一会儿再走。

卜松披到肩头的长发，已掺着缕缕银丝，那苍老的面颊上，亮汪汪的，分不清是泪水还是汗水；那激烈起伏的胸膛，也不知是由于喘气，还是由于情绪的鼓动……

杨月堂看了卜松一眼，仿佛看透了洁净的泉水，完全理解了卜松此时的心情。

"是啊，该在这儿停一停……"杨月堂招呼着茂丁把担架从肩头上放了下来。

由于腹部疼痛厉害，阿婻一直处于昏迷状态，只是不时发出一声声难耐的呻吟。担架放在草坪上，阿婻仍仰卧在担架上。卫生员忙着给阿婻打针，茂丁在一旁照料着，通讯员在找干柴燃火烧开水……

两棵山毛桃树又迎来了一个美丽的春天，那纵横交织的枝干上，盛开着红霞般的花朵。满树的桃花，又像是融化了春寒的一团炽烈的野火。一阵山风吹来，只有几瓣残花凋零，却送出一片芬芳。

卜松看着这春意盎然的桃花，想说什么又闭了嘴。这细微的表情，被细心的杨月堂看见了。他顺手折了两小枝山桃花，分了一枝给卜松，卜松激动地接了过来，手在微微地颤抖。

杨月堂陪着卜松向山桃坪的北端走去，从山谷里奔腾而来的溪水，在这儿转了一个大弯，突然放慢了脚步，缓缓地流过，渐渐地消失了哗啦啦的呐喊声。溪边挺立着一棵高耸入云的红杉树，在飘逸不定的绿荫下面，有一座半圆形的坟墓，墓上生长着旺盛的山茅草，郁郁葱葱，仿佛是死者的灵魂的化身……

卜松来到坟前，弯下腰，献上那枝火红的山桃花。接着，杨月堂也把手上的那枝山桃花奉献在坟前。

卜松再也忍不住眼泪了，哽咽着说道："孩子他妈，你好吧？很久没有来看你了，只有山风吹动红杉树为你唱着歌，只有山巅的积雪化成的溪水为你弹着琴，只有坟头上长了又枯、枯了又发的山茅草陪伴着你……"

卜松越说越伤心，说不下去了，只是在不停地抽泣着。

过了一会儿，杨月堂才轻轻地问道："你们的孩子，还是没有消息吗？"

卜松摇了摇头，泪珠摔落在坟前。他怎么能忘记那铭刻在心底的波澜呢？二十年前的一天，他的妻子兰萝背着刚满周岁的儿子上山来挖黄连、贝母，当天没有回家。第二天下午，卜松寻找妻子来到这里，发现一堆新坟上放着兰萝的背篓等遗物——这是死者的标志，也是独龙人祭奠死者的习俗。卜松顿时伏在坟前痛心地大哭起来……

直到今天，兰萝是怎么死的？又是谁将她掩埋的？他的儿子是否还活着？还是与他阿妈埋在一起了？这一切对卜松都仍然是一个个谜。

　　那坟上的茅草，虽然被卜松的哭诉感动了，却不会回答；那坟前的溪水，虽然也在卜松的询问下荡漾着浪花，却也不会回答。茅草和溪水，只会更加激发卜松对兰萝和儿子的无限怀念……

五、雪花

　　贡山县城，坐落在高黎贡山坡。脚下是汹涌澎湃的怒江激流。怒江对岸，耸立着巍峨的碧罗雪山；山顶的积雪，像凝固的白云；山腰以下是葱茏的林木。这同高黎贡山和担当力卡雪山夹着独龙江的地理地貌十分相似。只不过独龙江比怒江清澈碧绿。也许是出于对故乡的思念，阿嫫迷迷糊糊地躺在病床上，常常会把怒江的涛声当作独龙江的波浪在歌唱……

　　由于驱鬼耽误了时间，阿嫫的急性阑尾炎已恶化为腹膜炎，经过医生的精心治疗，现在，病情在一天天地好转。当然，阿嫫从那么危急、严重的病情中渐渐康复，其中还有一个重要的原因，就是得力于一位"业余护士"的热情护理。

　　这也许是一种机缘吧。说来话并不太长。茂丁和卜松把阿嫫抬过海拔五千多米的高黎贡山口之后，就被杨月堂动员回家去了。一来，以后的行程完全是下山，路也好走得多；二来，独龙江正值春耕播种时节，茂丁和卜松如果也跟着到县城，去来七八天，耽误了农事，年后又要缺粮闹饥荒。于是，阿嫡就由杨月堂他们抬到了贡山县医院。

杨月堂参加的"学习班"结束时，阿嫡已动过手术，并度过了危险期。与阿嫡同住一间病房的，是一位来自丙中洛的藏族大妈，名叫达娃。达娃的儿子顿珠，就在县民族贸易公司运输队赶马。他经常来医院照看阿妈。母子俩对解放军十分热诚。听杨月堂讲了阿嫡的情况后，达娃就主动地说，现在，各民族亲密团结，不像解放前那个时候了。她会把阿嫡当作自己的女儿一样来照顾，让杨月堂放放心心地回独龙江去得了。边境上要紧的事情多着呢。

杨月堂军务在身，也不能久留贡山县城。他给阿嫡留下一些钱和粮票，就把独龙姑娘拜托给医生和达娃母子来照料了。

分别的时候，杨月堂站在病床前，又嘱咐了阿嫡几句。阿嫡为了让杨月堂放心地离去，还努力使自己的脸上露出微笑，但等杨月堂走出了病房，听着他的脚步声渐渐远去，阿嫡再也忍不住了。她用被子遮住脸，呜呜地大哭起来。

这一来，可使达娃心疼了。她刚做过腹部肿瘤切除手术，还不能下床来安慰阿嫡，就叫顿珠劝劝阿嫡，宽宽阿嫡的心。藏族小伙子也急得不知该怎么办才好。他在运输队，每年都要赶马驮运物资去独龙江，不但学会了独龙话，还能唱独龙歌，跳独龙舞。这时，顿珠急中生智，突然想起一支流传在独龙江的赞颂解放军的民歌，顿珠觉得，阿嫡一定是由于感激解放军，才流淌的眼泪。唱这首歌，也许比说什么好听的话还起作用呢。于是，顿珠走到东边的窗户，面对高黎贡山，用他那甜美的歌喉，轻声地唱了起来：

> 高黎贡山高哟，
>
> 独龙江水长哟，
>
> 解放军的恩情哟，比山高来比水长，
>
> 哟乐哟，乐哟……

这是故乡的歌声，这是独龙人的心声，谁唱得这么情深？阿嫱拉开被子一看，原来是顿珠在歌唱，要不是顿珠穿着藏族服装，就凭这歌声，阿嫱准会把他当成独龙小伙子呢！

那时候，医院里乱糟糟的，听说都在忙着搞什么"大革命"。医生护士很少有人来上班。顿珠就经常来服侍阿妈，照顾阿嫱。渐渐地，他们之间熟悉起来了。阿嫱对顿珠产生了一种信任感。从卜松讲的故事中，阿嫱也明白，虽然察瓦龙的藏族土司很坏，可藏族中也有好人呀！那个当年救了兰萝的不留名字的藏家丁，以及眼前的达娃大妈、顿珠阿哥，不就是顶好的藏人么？

开初，顿珠用小木勺给阿嫱喂藏家的酥油茶，顿珠的手在微微发抖，阿嫱还不好意思喝；即使茶水有些烫，也忍住不说。后来说起这事，顿珠还充满歉意地伸了伸舌头。看他那股憨厚劲，阿嫱忍不住笑了。

达娃大妈还经常爱讲些传说故事，叫顿珠翻译给阿嫱听。有一个故事使阿嫱很感兴趣。传说，藏族、独龙族、傈僳族、怒族，本来是四个兄弟姐妹。为了学本事，他们才离家出走，由于大雪山的阻隔，他们变成了四个民族。但他们在远古时代，都是同一个祖宗，亲亲热热地生活在一起的。就像金沙江、澜沧江、怒江、独龙江一样，在一个地方发源，被几座雪山把它们分开了。不过，这种分开也只是暂时的，最后，它们还是在大海里亲亲热热地相聚了……

阿嫲听后，久久地思索着，觉得这个故事是真实可信的。现在，各民族兄弟姐妹，在祖国大家庭里，不就是一家人么？

阿嫲就在这样亲热友好的气氛中，愈合了伤口，恢复了健康。当她能下床走路的时候，她看到窗外的麻栗树叶，已经是金黄色的了。

一天早晨，阿嫲醒了过来，看到碧罗雪山上正是雪花飞飘，闪耀着茫茫的银光。她虽然看不见高黎贡山的山巅，但可以想象到，那里早已是雪压冰封，道路断绝了。独龙江啊，就像一串绿色的珠链，遗落在遥远的峡谷中。阿嫲知道，在大雪封山期间，她回不了独龙江。至少要在异乡度过七八个月的时光。她不禁想起阿爸、阿妈、阿姐、卜松大爹和杨连长，想起故乡的所有亲人。

看到阿嫲神情忧郁，达娃用藏话告诉顿珠，叫他唱藏族民歌给阿嫲听。顿珠是草原上出色的歌手，他阿妈从小就教会他许多民歌。他赶着马帮走路，也都是走一路，丢一路歌声。这时，他向雪花纷飞的碧罗雪山，唱出了故乡的深沉的歌声：

> 草原上的蓝色小河，
> 下雪了，请不要难过。
> 等到来年春风吹起，
> 你又会唱出流水欢歌。

> *草原上的紫色小花，*
>
> *凋落了，请不要难过。*
>
> *等到来年春雨飘洒，*
>
> *你又会开出香花朵朵……*

真的，音乐是联系心灵的彩虹。还不等顿珠把歌词翻译成独龙话，阿嫱就已经感受到歌声的鼓舞了。她呆呆地注视着顿珠的眼睛，仿佛那是两股明亮的泉水……

不久，达娃和阿嫱都同时出院了。

杨月堂事先就估计到，阿嫱有可能会被大雪封山隔住，当年回不了独龙江。杨月堂走前，就与贡山县民族贸易公司的领导商量好了，等阿嫱病愈出院后，就在公司里做几个月的临时工。于是，阿嫱就被分配到门市部去卖小百货。阿嫱可高兴啦！在她的售货柜台上，恰好摆着许许多多大小不同、方圆各异的镜子。

阿嫱不禁感到眼花缭乱了。她拿起一面大圆镜，照了照脸，发现自己虽然消瘦了，但脸色还是红润润的……

就在这时，有人叫了她一声。她放下镜子一看，原来是达娃大妈和顿珠来了。她害羞地转过身去，脸颊就像被火燎过一样地发起烧来。

"哟，我们的阿嫱真好看……"这句话，在达娃的心里，已经说过许多次了。但直到此时，她才是第一次说出口来。

阿嫱格格地笑着，蹲到柜台下边，躲了起来。

"阿嫱，大妈就要买你刚才照过的那面镜子。"达娃伏身在柜台上，伸手下去把阿嫱揪了起来："我回家以后，天天照镜子，就好像天天看见了你。你刚才不是把你的笑脸留在镜子里了么？"

"怎么？大妈，你要走啦？"阿嫱一愣，站起身来，顿时，一股依依不舍的眷恋之情，从心中涌起，"大妈既然喜欢这面镜子，我就买了送给大妈！"

达娃接过镜子，又叫阿嫱照了照，这才捧着镜子，与顿珠走出了商店。

阿嫱目送达娃大妈和顿珠渐渐远去。她真希望他们再回过头来看她一眼啊。可就在这时，有几个傈僳族、怒族、纳西族的姑娘来买镜子，阿嫱就只好转过身来照应顾客了。这些各民族的姐妹们，嘻嘻哈哈地在挑选着镜子，在用一面面镜子映照着她们的一张张笑脸。这些姑娘多爱美啊！

傈僳族姑娘对着镜子笑了，那头顶上披戴着的一串串银色的六谷珠在闪闪发光；怒族姑娘对着镜子笑了，那金色的耳环在叮当作响；纳西族姑娘对着镜子笑了，那深深的酒窝仿佛是飘落的花蕊……

就在阿嫱专注地观察这些各民族姐妹的笑脸的时候，顿珠又转回头来，看了阿嫱一眼，可惜阿嫱没有注意到顿珠那像火一样的目光……

阿嫱下班后，顾不上吃饭，就急急忙忙地向江边跑去。一道宽阔的吊桥，跨过江面，把两岸连接起来。这里是由贡山县城去丙中洛的必经之路。达娃大妈和顿珠就是从这座桥上走过去的。此时，他们走到了哪里？阿嫱没有去过丙中洛，说不出来。她只看见远山在落雪，雪花被风儿旋搅着，天际迷迷蒙蒙……

六、镜子

"三八"妇女节那天，民族贸易公司成了一座春天的百花园。各民族姐妹们像蝴蝶一样，打扮得花枝招展，来公司里买这买那。藏族姑娘买彩虹一样的腰带，傈僳族姑娘买白云一样的银饰，怒族姑娘买瀑布般飘动的长裙，纳西族姑娘买绣满了星星和月亮的披肩，汉族大姐姐喜欢买那逼真得能招引蜜蜂的塑料花戴在头上……

这些姑娘们按照各民族的服饰装扮和自己的审美观点，买了这买了那之后，都不约而同地拥到阿嫦的柜台前来买镜子。她们不论是照圆镜、照方镜、挑大镜或是拣小镜，都能从那明亮的镜面上看到自己的笑脸……

从一张张笑脸上，阿嫦感到自己工作的乐趣。不论怎样挑选，她都愿为姐妹们送上一面面明亮的镜子。

正当阿婻卖镜子忙得不可开交的时候，门市部主任给她领来了一个助手，说是分在阿婻的柜台上工作。阿婻一看，原来是一个独龙族姑娘。也许她感冒生病了？脸上蒙着个大口罩，只有一双又大又黑的眼睛露在外边，那目光仿佛还笼罩着一层忧郁的薄雾……

由于顾客很多，阿婻顾不上与这位本民族的大姐姐多谈什么。但从送货和收钱的空隙中，阿婻偶尔看她一眼，发现她对于那些买镜子照了又照的各民族姐妹们，眼神里总是流露出一种既是羡慕又是忌妒的表情。她宁肯卖别的货物，也不过来插手帮阿婻卖镜子。

这使阿婻感到纳闷。看她也不过是二十出头的年纪。年岁轻轻的姑娘，谁不喜爱那能反映出自己美貌的镜子呢？她究竟有什么秘密的隐痛，使她对镜子产生了这么一种奇特的感情？

但不管怎样，有一个本民族的姐姐与自己在一个柜台工作，就够阿婻感到高兴的了。

在节日的欢乐气氛和买卖的忙乱之中，贸易公司关门了。阿婻一点数，她的柜台上镜子卖得最多，要不是从仓库里提来新货，那还真要脱销呢。这说明，爱美、爱漂亮的姑娘们已经越来越多了。

下班后，阿婻与新来的女伴并肩走出了公司门市部。这时，她们简单地交谈了几句。阿婻才知道她名叫白丽，是独龙江下游一个村子里的姑娘。去年，她被区上选拔了送到县上，又被县上保送到自治州的民族干校去学习，是作为干部来培养的。

"白丽阿姐，你干校毕业了吗？"阿婻问道。

"没有。"白丽提起足尖，唰的一声，把一颗石子从路中间踢到了路边，"我是逃学回来的……"

"为什么？"阿嫱停住了脚步，高入云端的高黎贡山，是一片耀眼的银光。

白丽低垂着头，继续向前走去。阿嫱急步追了上来，看见她眼里噙着泪水。由于阿嫱刚刚开始懂得藏族小伙子顿珠对她的一种特殊的感情，便以为白丽也许是在这方面受到了损害。

"莫非是他，欺负了你吗？"阿嫱伸手扳住白丽的肩头，想为这刚结识的大姐分担心灵的忧愁。

"阿嫱小妹，怎么向你说呢？"

这时，她们路过一片树林环抱的草坪。欢度节日的各民族姐妹们，穿着鲜艳的服装，头上戴着一朵朵早开的金色的迎春花，在手拉手地跳着舞呢。她们边舞边唱道：

> 高黎贡山来呀，
>
> 碧罗雪山来呀，
>
> 森林来呀，
>
> 鲜花来呀，
>
> 马鹿来呀，
>
> 孔雀来呀，
>
> 让我们欢乐地舞蹈呀……

阿嫱被姐妹们旋转的彩裙吸引住了。她的心，像一朵花飘落到起伏的波涛中。

"阿姐，用舞步踩碎你心中的烦恼吧！"阿嫱拉着白丽，就要去加入各民族姐妹们的舞圈。

"你去吧。我想回家……"

阿嬬当然不愿自己去独享欢乐，便陪着白丽回到家里。

这是一间集体宿舍。在阿嬬早晨去上班的时候，白丽就已经把她的床铺铺好了。回到宿舍，她们各自在自己的床上，默默无言地坐了许久。窗外是怒江浑黄的波涛卷起的潮湿的江风，打着呼啸，无忧无虑地飘摇而过，并不理解人间的烦恼。

阿嬬心想：如果白丽不愿向她挑破心中的愁云，那又何必勉强呢？谁的心灵的角落里，不隐藏着一点不愿被别人的目光透视的秘密呢？因此，阿嬬总想转移自己的心思，去想象达娃大妈和顿珠阿哥的行踪。可是，由于阿嬬没有去过丙中洛，她心目中的道路，不可避免地总是出现独龙江上的藤索桥，高黎贡山中那被泉水冲刷的道路……

随着泪珠的滴落，白丽垂下头来，轻轻地摘去那一直笼罩着神秘色彩的大口罩，然后，把她的脸仰起来，朝向阿嬬，声音颤抖地说：

"阿嬬，你看……"

呵！文面！在白丽那美丽的脸上，被刺满了蓝黑色的蜘蛛网般的花纹，白丽的容貌变丑了……哦，怪不得，正是由于文面，白丽才没有在柜台上帮她卖镜子？别的民族的姑娘们，买了镜子去映照她们的天然美貌，而我们独龙族的文面女用镜子照什么呢？就照那带来丑陋的花纹么？

阿嬬从那一道道、一点点由鲜红的血变作永远也洗不掉的蓝黑色的纹路和面型，窥见了白丽心中的忧郁了！那文面，就像是她忧郁的根啊！

如果在独龙江，在本民族的文面女中，白丽也许并不显得丑陋。可她是生活在不文面的各民族兄弟姐妹们当中啊！这样一个普通的环境，有这么一个奇特的文面女，白丽会有怎样的心理状态呢？

那被树林环抱的草坪上，仍传来各民族姐妹们的欢声笑语；那怒江两岸的驿道旁，开遍了火红的野杜鹃，远远看去，就像一条条流动的红云；可是，高黎贡山的峰巅，此时却飘起了白茫茫的雪花……

在这远离故乡的孤寂的小屋里，白丽向她的独龙族小妹妹讲了她的不幸和痛苦。

当然，白丽也有过阿婻这样的芳龄，也有过不被文面的欢乐的少女年华。当文面那一天到来的时候，面对端着盛了染纹墨汁木碗的阿妈，面对举着竹针和木槌的阿爸，白丽能有什么选择呢？她被文面了！无所谓欢快，无所谓痛苦，更说不上什么反抗，她有的只是服从，就这么稀里糊涂地被传统的习俗改变了自己的容颜！

白丽的文面脱痂之后，生活在文面女中，她也觉得这是极其普通的自然的事！大家都一样嘛，她能有什么异样的感觉呢？

可是，有一天，命运使白丽改变了自己生活的道路。区上要保送一名独龙族姑娘去自治州干校学习——因为长期以来，太缺乏独龙族自己的女干部啦！边防军连长杨月堂，把优秀的女民兵白丽推荐给区委，区委书记又把白丽推荐给县委，县委书记又向州委推荐了白丽……

于是，白丽动身前往州府所在地。她是多么高兴啊，准备学习好了，回独龙江去建设好家乡。

可是，白丽从乡上到州干校的途中，与她同去学习的一个名叫孔迪当的独龙族小伙子，对她产生了好感。一路上跋山涉水，孔迪当处处照顾白丽，使白丽对他感激不尽。在从贡山县城乘车前往州干校的汽车上，他俩并肩坐在一起，孔迪当用他那发热的手，紧紧地握住了白丽的手，从车子开动直到停下，才松开手。白丽心中明白，孔迪当心中想的是什么。就在他们入学的当天晚上，在干校操场边的一棵老榕树下，孔迪当终于向白丽倾诉了他心中的爱情，并发誓永远爱她，爱到高黎贡山成为平地，爱到独龙江变作干旱的沙石谷……

高黎贡山怎么会成为平地呢？独龙江怎么会变作干旱的沙石谷呢？白丽明白，孔迪当向她表白的，是坚贞的爱情，是永恒的爱情！她默默地点头，答应了。

孔迪当还想继续表白他的爱情时，就被白丽用手捂住了他的嘴，接着，整个身心都投进了他的怀抱……

然而，高黎贡山的道路是多么曲折艰难，独龙江的流水是要经过重重障碍的。一开始，白丽就遇到了不愉快的事。在女学员的一间宿舍中，有怒族、傈僳族、藏族、汉族、纳西族和白丽这个独龙族的六个兄弟民族的姐妹。这当中，虽然服饰不同，语言不同，都没有使她们在生活和学习上产生任何隔阂。但是，只有白丽一个姑娘是文了面的，这就要成为整个宿舍，整个班，以至整个干校议论的话题了。

无论人们怎样地尊重各民族的风俗习惯，都一致认为，文面破坏了妇女的天然的美，是一种落后的习俗，应当加以废除。于是，各民族的姐妹们，轮流着拿镜子给白丽照，让她比一比，究竟是文面好看，还是不文面好看。

回答当然是毋庸置疑的。但是，白丽从来也不当着那些不文面的各民族姐妹们照镜子。只有当她一个人躺在床上，在人们不注意的时候，她才偷偷地摸出小圆镜，照着，照着，不禁对文面产生了不可更改的悔恨……

一旦文了面，就永远也洗不净了，那是刻入皮肉的纹路啊！除非再生一张脸吧！

更令人感到痛心的是，随着白丽的审美观念发生变化，她心爱的孔迪当的审美观念也发生了变化。渐渐地，白丽感到孔迪当已经不像当初那个独龙小伙子了。一天吃晚饭时，白丽给孔迪当递了一张字条，约他晚上在那棵老榕树下相见。

星星出来了，月亮也跟着出来了。但孔迪当始终没有来，白丽不禁想起姐妹们的一些议论。她们说，独龙小伙子变了心，不会爱她这个文了面的独龙姑娘了。本来，白丽是想与孔迪当商量，说她由于文面，不便在干校继续学习。如果他爱她，能否与她一起回独龙江去？看来，这个要求是不会成为他们的共同行动了。

老榕树可以作证，入学的当天晚上，孔迪当是怎样向白丽表达爱情的？现在，还是请老榕树作证吧，孔迪当又是怎样让白丽在这寒冷的星光下久等，久等而至失望。说真的，白丽并不怨恨孔迪当，爱与不爱，不能勉强，但他为什么由爱到不爱了呢？

在回宿舍的路上，经过那个弯月形的池塘时，白丽看见孔迪当正与一位藏族姑娘手牵手地漫步呢。

"孔迪当爱上了卓玛……"白丽的耳边响起了女友们曾经说过的这句话。

当天晚上，白丽终未成眠。她想了许多许多。她决定退学返回家乡去。

第二天，就在白丽等过路的长途汽车时，孔迪当来到了她身边。她没有说一句话。孔迪当望着她，脸上是白一块，红一块的，断断续续地向她说道：

"在家乡，我看惯了文面，也不觉得什么，可在这儿……纳西姑娘、傈僳姑娘、怒族姑娘、藏族姑娘都不文面……一对比，还是不文面好看……"

白丽知道他会说这样的话。她没有回答，两眼注视着怒江对岸。那头戴冰雪银冠的高黎贡山挡住了蓝天，在山那边，才是生她、养她的故乡。可是，故乡太闭塞了。独龙人不知道山这边的世界是多么的广阔，又是多么的不同。就拿文面来说吧，白丽也感到，她在不文面的姑娘当中，才更加显得丑陋。自己的观念都发生了变化，男人的观念还不会变化吗？何况，有的男人，总是把女人的脸面作为第一目标的。他们对于爱情，是以女人的脸的美与丑为转移的。

"也许，在家乡，你是美的……"孔迪当总觉得有愧于白丽，想拉她的手，可她却避开了。孔迪当便直率地说："但在这儿，文面好像是耻辱，我实在是受不了人们看你的那种目光……"

这时，汽车来了，白丽就这样默默地离开了孔迪当，回到了县上。

白丽听县政府的一位领导讲，民族贸易公司有一个独龙姑娘。她想，有一个本民族的同伴也好，她才来公司门市部的。但见了阿嫡，阿嫡并没有文面，白丽就更加感到孤独和痛苦了……不巧的是，白丽又被分去卖镜子，看那些各民族姑娘们挑选镜子，对着各自的脸照了又照，白丽仿佛看到了自己文面以前的模样，不也是这样的美么？然而，现在一切都晚了……

听完白丽的倾诉，阿嬬的心被强烈地震动了！自从到了县上，阿嬬从各民族姐妹洋溢着自然美的脸上，看到了本民族文面女的悲哀。正当自己的审美观念在急剧发生变化的时候，白丽无疑像一颗野橄榄，开始使她发苦，继而使她觉得回甜，便更加坚定了自己的关于容颜美的信念。

末了，白丽语重心长地说道："阿嬬，我并不怪孔迪当，只怨自己是个丑陋的文面女。你可千万别文面啊！"

"嗯。"阿嬬点了点头，"可你总不能永远戴着个口罩生活啊！"

"我自己会走自己的路……"白丽这时，不知怎么的，眼里闪耀着泪光，"可你，阿嬬，也要走你自己的路！"

阿嬬和白丽，从山外边世界发生的变化，谈到那被雪山封闭着的独龙族古老而贫穷落后的家乡；从关于文面的美与丑的观念的改变，谈到了独龙族妇女过去的命运和未来的前途，直到深夜，还在谈着……

第二天早上，白丽说她有些头痛，让阿嬬为她请个病假。阿嬬便照常到公司的门市部上班卖货去了。

阿嬬下班回家的时候，看到家里空了一半，白丽的行李铺盖都不见了。只在桌子上发现一面镜子，镜子上压着一张白纸，上面写道：

阿嬬：

　　我走了！

虽然大雪封山，道路阻隔，我还是回家乡去了。我想过，我确实不能靠戴口罩过日子，回到文面女当中，也许，我还能为家乡做点好事。

我无法改变自己已经文了面的命运，但你是可以掌握自己命运的。希望你成为独龙族妇女中第一个不文面的先行人。这样，有了第一个，后边的第二个、第三个……以至更多的独龙姑娘的道路就会好走多了。她们跟你还不一样，她们没有见过独龙江以外的世界，不知道其他民族的妇女都是不文面的。因此，你应当勇敢地迈出第一步……

镜子，就送给你吧。让它照出你容貌的天然的美，永远不要让它映出你的文面——这就是一个文面女对你的祝福！

白丽

×月×日

阿嫡一手持信，一手握着镜子，由白丽想到了姐姐阿妮，想到了自己的未来。但此时，使阿嫡更为焦虑的是，虽然春色已染绿了怒江河谷，但在那通往独龙江的道路上，高黎贡山垭口仍是冰雪的世界，白丽能踏冰破雪，冲过那严酷的雪线么？

"唉，文面，文面……"阿嫡突然觉得，白丽送她一面镜子，这当然是有深刻的用意。但白丽本身，不就是自己的一面镜子吗？她使自己更加清晰地看清了自己的面目，从而更加珍惜、更加爱护自己容貌的天然的美……

再一看，阿嫡发现，在白丽睡过的床上，丢弃着那个为她遮面的大口罩。

七、驿站

　　暖融融的春风，从怒江汹涌奔腾的浪花上打着旋儿升起，带着动人的呐喊，飞向高黎贡山。森林在激荡中苏醒了！红杉、雪松挥舞着胳膊，抖落被严寒冻枯了的针叶。金黄色的小松鼠，从这棵树跳到那棵树，寻觅遗落在树洞里的松子儿。它那一双滴溜溜转动的小眼睛，打量着最早到森林里来的两个青年人。

　　"追呀，快追呀！顿珠……"一个姑娘带着一串爽朗的笑声，向着林中的高坡上跑去。

　　"阿婻，你太快了，我赶不上……"其实，顿珠是担心阿婻的身体，才不愿追得太急，故意落在后边。"我认输了，你等一等！"

　　"哈哈哈哈……"阿婻倚靠着一棵红杉树，扯起披在身上的独龙毯的一角，揩去了脸上的汗水。等顿珠来到身边，她才说道："藏族小伙，是草原上的大鹰；独龙姑娘，是森林里的小鹿。你不认输，我还能跑到彩云里去呢！"

顿珠喘着粗气，把拖着尾巴的狐皮帽往脑后推了推，一只手撑在树上，说道："阿婻，哪天我们去草原上赛马，我准把你甩在后边，让马尾巴扫你的脸！"

"我才不去你们藏家的草原呢，我要回我的独龙河谷……"

阿婻的话，也许并没有什么弦外之音。可是不知道为什么，顿珠听了，刚才还是火热热的心，顿时感到凉了半截。

"阿婻啊阿婻，你要是脱去独龙毯，穿上彩裙，谁敢说你不是藏族姑娘呢！"

阿婻听了，并不在意，仍然哈哈地大笑不止。她模仿着顿珠的口气回敬了一句："顿珠啊顿珠，你要是脱下楚巴（藏衣），披上独龙毯，谁能说你不是独龙小伙呢！"

"唉……"顿珠不知道说什么才好，深深地叹了口气。打从开春以来，随着雪山上流下欢腾的溪水，阿婻的笑声像春江涨潮一样，又多又爽朗。可是，听着云雀在森林里唱起春天的歌，顿珠的心上，常常浮起一丝忧绪。对于春天降临高黎贡山，为什么两人的心情反应会不一样呢？顿珠的心里，开始并不太明白。可是，森林越来越翠绿，花儿越来越盛开，他感到青春的血也越来越热烈。渐渐地，他不能再克制自己了。一天夜里，当明月刚刚爬上碧罗雪山，他去找阿婻，走在路上，远远地看见阿婻窗上的灯光，心儿不禁咚咚地慌乱起来。他用手捂在胸口上，自己问自己："也许这就是爱情？"

是啊，春花开遍了高黎贡山，难道爱情就不会来到年轻人心间？可是，好像阿婻并没有发觉顿珠心理上的这些细微变化。她沉浸在大自然所给予的美好讯息里了。她好像春鸟一样，唧唧喳喳地欢唱着，天天追问顿珠："哪一天雪山垭口解冻，路通开山啦？哪一天马帮要进独龙江啦？"

阿嫱被大雪封山阻隔在贡山县城已经快有一年了。阿嫱想她的阿爸、阿妈、阿姐，想那个丢下口罩去闯雪山的文面女白丽，想她的清悠悠的独龙江，想她的绿茵茵的青草地了。可是，阿嫱的家在雪山那边，翻过高高的高黎贡山，再下到山脚才是家。为了锻炼体质，她常常找时间到森林里来爬山，采花。她甚至天真地倾听着溪水流淌的声音，想从其中探听出高山顶上融雪的速度，想知道白丽的足迹是否翻越了雪山垭口，可是，溪水虽然越流越大，越淌越响，却回答不了阿嫱的问题。高黎贡山太高太远啦，谁能说得清山巅的积雪何时能化完呢？

刚才，顿珠来找阿嫱，正要给她说什么，却被她引来比赛爬山。这会儿，两人在红杉树下站定了，看顿珠在叹息，阿嫱不解地问道：

"哪样事，让你不高兴啦？"

"你要走啦……"

"啊！马帮要去独龙江了吗？"阿嫱咚咚地跳了起来。她狂喜的举动惊飞了树上的小翠鸟，"你该为我高兴呀！"

"是呀，我为你高兴。"顿珠觉得，阿嫱此时还不能完全理解他的心情，便勉强微笑着，"我就是来告诉你，今年为了帮助独龙族发展生产，县上调了些新谷种和农具，要尽快运到独龙江。这个任务由我们民族贸易公司和丙中洛的马帮来完成……"

"哦，太好啰！太好啰！"阿嫱禁不住拍起手来，问道："你阿爸不是丙中洛马帮的马哥头吗？他可来啦？"

"我阿爸刚到，就让我来找你。阿妈还给你带来她亲手做的酥油和酸奶渣呢。"

"啊！找我格桑大爹去！"阿嫲高兴得忘了一切，拉起顿珠的手，转身就向山下跑去。她跑得那样飞快，连欢乐流淌的溪水都追赶不上……

第二天一早，在贡山通往独龙江的弯弯曲曲的驿路上，响起了马铃声和赶马人的铓锣声。

"当，当，当……"

"铓，铓，铓……"

这就是马帮的声音。这声音响亮明朗，节奏感很强。阿嫲听着这声音走路，感到很有精神。只见骡马的钉了新铁掌的四蹄，踏着铃声和铓声，踩在碎石上，不时溅起一星星耀眼的火花……

这个独龙姑娘，上次生病到县上住院，是第一次出独龙江，可那是躺在担架上啊，一路上疼痛、昏迷，什么都没有看到。这次跟马帮回家乡，她感到一切都那么新鲜。她一会儿跟着格桑大爹走，一会儿又跟着顿珠走。一路上，不是问这就是问那，把赶马人都逗得乐呵呵的。

比如，阿嫲看到马帮的头骡，头顶上，佩着一面圆镜，披着一条条红缨；脖颈上，挂着两串金黄色的铜铃；鞍头上，还插着几面三角小红旗，就问："干吗把头骡打扮得这样漂亮？看它的披戴，可是要把它出嫁到独龙江？"

更让人感到好笑的是另一件事。马帮出发前，格桑大爹拴了一只羽毛鲜艳的红花公鸡，放在二骡的驮子上。

阿嫲问道："这只公鸡，可是要带到路上，杀了祭路鬼？"

格桑大爹正要解释，只见顿珠挤了挤眼，便连忙改了口：

"公鸡作哪样用，明天你就晓得啦！"

看到他父子俩这么神秘的表情，阿嫡还以为是赶马人的规矩，不好明说，使她更是迷惑了。

第一天的驿路还好走，就在那锉锣声和马蹄声中像流水般地过去了。晚上在野地里宿营，马驮子排成一行行的，驮子下面就像一条地道。地上铺了毛毡，阿嫡就睡在驮子下面，遮风，避寒，很是舒适。守夜的赶马人在营地上烧了一堆篝火，有的在吸水烟筒，有的在搓麻绳打草鞋。只有顿珠在拨弹着六弦琴，轻声地唱着一首古老的藏族情歌。阿嫡听不懂歌词，只是从那琴声和歌声感到，小伙子的心有些忧郁，似乎还流露出悲凉……

阿嫡再也无法安睡了，翻转过身，俯卧着，透过驮子间的空隙，看见夜空的星星，又大又亮。这时，她才突然想起，顿珠近来的情绪，是有些异常。这，这究竟是为了什么？

"唉！"阿嫡思索着，发出了叹息。

"喔喔喔——喔！"一声雄鸡啼鸣，把阿嫡从睡梦中惊醒。她睁眼一看，天上是一片青光，星星早消失了。那只公鸡，就站在它睡觉的驮子头上，鼓鼓翅膀，又发出一阵啼鸣："喔喔喔——喔！"

"哦，这公鸡，不是用来祭路鬼，是要它呼唤赶马人早起呀！"

阿嫡急忙起身，钻出了驮子筑成的通道。这时，赶马人在提着草料袋，叫喊着他负责的一匹匹骡马。骡马闻声跑来，赶马人把草料袋套在牲口的头上，让牲口嚼吃着草料。接着，就给牲口背上鞍子……

一阵忙碌之后，马帮踏上了新的旅程。驿路上，又响起轻快的马铃声和铓锣声。阿嫱偷偷地看了顿珠一眼，好像他瘦了许多。昨晚上，莫非他一夜未睡？是啊，那琴声和歌声，是久久地在夜风中飘荡……

第三天的驿路最难走。开始翻越高黎贡山垭口时，阿嫱看见天空中飘扬着蓝色炊烟，不一会儿，又传来一阵犬吠。

"哟，这雪山顶上还有人家吗？"阿嫱好奇了，便快步往高处跑。

迎接阿嫱的，首先是一大片成林的马樱花，像一团团热情的火焰。在花丛中，隐藏着两间白色的木板房。蓝色的炊烟，就是从木板房升起的。在木板房的后山上，垂挂着一道道水花飞舞的瀑布，太阳从山顶上斜照下来，阳光和雨丝织成几十条重重叠叠的彩虹，与这户雪山上的人家做伴……

"呵，真美啊！我来的时候，怎么没看见这奇妙的景色呢？"阿嫱是忘记了，她当时躺在担架上昏迷不醒，怎么会看见呢！

就在这时，在那条汪汪汪地乱喊着的黑毛狗的后边，跑出来三个边防战士。他们是独龙江边防连队设立在雪山顶上的执勤点的战士，专门在雪山垭口迎送过往客人，护路抢险的。此时，看到马帮路过，就前来帮忙了。

"哟，格桑大爹，顿珠，扎石……"领头的班长一见赶马人，便叫出了一串名字，"呀，还有我们的阿嫱呀！"

"阿嫱，你的病好了吗？"后边的一个战士也走近马帮，上来向阿嫱问这问那的。

赶马人与战士们热烈地交谈着，吆着骡马，向雪山垭口一步一步地攀登上去。

见到独龙江连队的战士，就好比是见到独龙江了。阿嬬兴奋极了，便抢先走在前头。

越往上走，草木越显得稀疏和低矮。只有一些蓝色、黄色和白色的小花，低伏在地上，默默地开放着。来到距离垭口还有几百米的一块草地上时，阿嬬看见路边有一座新坟。她走近一看，那用红松木板制作的墓碑上，写着几个醒目的大字：

白丽同志之墓

"啊！白丽、白丽……"阿嬬伏在红松木墓碑上，失声痛哭起来。

那个班长向阿嬬说明了情况：雪山垭口稍稍可以通行，他们就从独龙江边来到这儿执勤。在清理道路上的积雪时，他从冰雪中挖出了白丽冻僵了的遗体。他们是认识白丽的。因为白丽去自治州干校学习时，曾在战士们的哨棚里投宿。那晚上，白丽是多么的高兴呀！她为战士们唱了一支又一支独龙族民歌……

可她回来得太早了，也许她不知道山上积雪还很深。她是在攀越雪山垭口时，被雪崩掩埋的。

听班长说完，阿嬬哭得更厉害了，"白丽呀，是文面的旧习俗害死了你，你是死于文面的……"

因为这还是早春季节，雪山垭口气候仍然十分多变而恶劣。马帮过垭口，也要抢时间，不能缓行，更不能停留。在格桑、顿珠和战士们的劝说下，阿嬬才哭啼着离开了白丽的坟墓。但走出两步之后，阿嬬又折转回来，从衣袋里摸出一面镜子，放在坟头上。

"白丽，这是你送我的镜子，现在我又送还你。让过路的独龙妇女，都来照照这面镜子吧，让她们都知道，你是为什么死的……"

阿婳边走边向班长讲了她和白丽相识的经过，还有白丽的心事和文面所给她造成的痛苦。

马帮在前呼后拥的紧张气氛中，终于翻过了高黎贡雪山垭口。战士们与赶马人在东西山麓的分界处道别之后，马帮就一直下坡了。来到半山腰时，有一片平地。只见屹立在草坪上的那两棵山桃树，已经开放出鲜红的花朵。这里就是山桃坪。

山桃坪通常是过往马帮开梢 (又叫打尖，吃午饭) 的地方。赶马人打响口哨，拦住牲口，把背上的货驮子一一抬下来，再卸去驮鞍和垫子，让骡马去打滚，吃草，饮水。赶马人就埋锅做饭。阿婳帮着烧火，淘米。随后，她又到溪边去找野菜。

当阿婳采了一捆野水芹，往回走的时候，她看见格桑大爹领着顿珠来到路边的一棵高大的红杉树下。树旁有一座坟墓，坟上茅草青青。

"莫非那坟里埋着他们的亲人？"阿婳也跟着来到了格桑大爹和顿珠的身后。

格桑大爹把一束鲜艳的野花献在墓前。墓上没有碑石，只在坟头上有一些枯黑的竹篾片和一把锈蚀了锄尖的恰卡 (独龙族的一种尖端包了铁皮的小木锄)。也许那是死者的遗物，但岁月的风雨改变了它们当初的模样，已令人难以辨认了。

"孩子，我有十多年没到独龙江来了。今天，我嘱咐你，以后你来独龙江，每年春天都要在这座坟前献一束鲜花……"

“阿爸，他是一个赶马人？”顿珠轻声问道。

“不。她是一位伟大的母亲……”

“格桑大爹，你认识她么？”阿婻问道。

“认识。是我亲手把她埋葬的。但我一直不知道她的名字……”格桑的声音有些低沉，“只晓得她是独龙族……”

这时，从高黎贡山顶峰吹来一阵清风，红杉树发出一阵飒飒的低吟，仿佛是那过去了的岁月的回声……

八、林中

　　那一年，在那个风雨的夜晚，兰萝在一个好心的藏人帮助下，逃出了察瓦龙藏族土司的魔掌。兰萝和卜松回到姜木雷寨子的时候，天快亮了。兰萝的阿爸、阿妈焦急得一夜未睡。见了兰萝，悲喜交集，流出了眼泪。他们正要做点吃食，忽然听到一片惊嚷：藏族土司的家兵，又追到寨子里来抢人了。

　　阿妈一把拉过兰萝的手，一把拉过卜松的手，把两只手交接在一起，说道："我的女儿就算嫁你了，卜松，你们逃命去吧！"

　　"记住，要文面以后，才举行婚礼！"阿爸又叮嘱了一句，"这可是独龙人祖祖辈辈传下来的规矩……"

　　就这样，兰萝和卜松逃出了姜木雷寨子。来到卜松家的时候，果诺罗氏族的老族长随即登门拜访来了。他从挎包里拿出一小捆松鼠肉干巴，作为礼物，送给了卜松，接着用苍老的声音，向卜松的阿爸说道：

"我们果诺罗寨，离察瓦龙很近。要是藏兵追来抢兰萝，我年迈力衰，无法抵抗。还是让孩子他俩逃得远远的吧！"

胆小怕事的老族长，也许是一片好意。为了自己氏族的安全，卜松领着兰萝，告别了父母，含着眼泪，又向独龙江下游走去。

天黑的时候，他们借宿在路边的一个山洞里。卜松从挎包里拿出取火工具。他左手的拇指和食指夹着马牙石、火草绒，右手握着铁火镰，咔、咔、咔地撞击着。马牙石溅起的点点火星，点燃了火草绒。卜松小心翼翼地在火草绒上吹起了火苗，点燃了干柴，烧起了一堆篝火。

他俩围着篝火，烘干了披毯，烤暖了身子，也把惊恐融化在炽烈的火光里，渐渐地露出了笑容。这时，卜松呆呆地望着兰萝，她脸上流露着一种自然、质朴的美。卜松一阵激动，张开双臂，把兰萝紧紧地拥抱在怀中……

半夜里，篝火渐渐熄灭，兰萝被独龙江上吹来的冷风冻醒了。借着微弱的火光，她看到自己垫着独龙毯，盖着独龙毯，卜松仍坐火边的一块石头上。她顾不得害羞了，轻声地说道：

"卜松，来，抱着我睡，我冷……"

可是卜松误会了兰萝的意思，以为她要他去干那种事……

"兰萝，等你文面以后，我们成了亲，再……"

兰萝的脸一阵泛红，感到浑身发热，寒意全消了。她在心里暗暗地埋怨道："唉！一坨老石头！"

卜松呢，为了使山洞暖和起来，连忙找了些干柴，又把篝火烧得红红旺旺的了。他像守护神一样，听着兰萝的呼吸声，一直到朝霞映红了山洞……

卜松领着兰萝，像独龙江水一样，向下游流浪而去。来到茂顶寨的时候，茂丁和木金娜两夫妇热情地挽留了他们。卜松告诉茂丁，他转送的解放军救济独龙人的红糖和盐巴，已分给了好多个村寨的独龙人了。茂丁感到卜松是一位诚实可靠的人，就从自己的大房子里，分了一间隔房和一个火塘给他们。接着，又在房子后边划了一片园子地，给卜松种菜吃。种地呢，就把卜松当作自己的氏族成员一样，让他参加共耕伙种。木金娜还亲自为兰萝文面。几天后，文面脱了痂，卜松和兰萝才举行了婚礼……

卜松和兰萝就这样生活、劳动在亲切和睦的茂丁氏族的大家庭中。

后来，兰萝生下了一个儿子。满岁的那天，卜松在儿子的左臂上刺下了他们家族的花纹标志：一条小鱼。

文身完毕之后，娃娃疼得哇哇地哭着。卜松却乐哈哈地把儿子举过了头顶，大声地祝福着：

"儿子，快快地长大吧，长得像高黎贡山一样高，长成一个勇敢的猎人！"

可是，命运却为卜松和兰萝作了另外的安排。几天后的一个早晨，卜松跟着氏族的男子汉们，去原始老林里围猎野牛。兰萝背儿子去高黎贡山中挖黄连、贝母。黄昏时，当卜松拎着一串野牛肉回到家里，兰萝和儿子却没有回来……

原来，兰萝只顾找寻黄连、贝母，在高黎贡山的原始森林中越走越远，越攀越高。后来，在一片稀疏的林地里，她终于发现了贝母。

兰萝高兴极了，顿时忘了疲困和饥饿。她把儿子移到背上背着，挥动恰卡（独龙族一种尖端包着铁皮的小木锄），不停地挖着。当竹篓里快装满贝母的时候，兰萝直起腰来，揩了揩额头上的汗水。这时，儿子突然哇哇地哭出了声音。

兰萝只好放下恰卡，把背篼从背上移到胸前。她拉开披毯，露出乳房，把奶头塞进了儿子的小嘴里。娃娃只晓得自己饿了，哪里知道母亲也是在忍着饥饿给他哺乳呢！

"吱吱吱……"儿子在使劲地吸吮着母亲甜美的乳汁。这细微的吸奶的声音，在兰萝听来，是一首爱的乐曲。她感到自己的心像蓝天上的云朵，轻悠悠的，那么柔美，那么舒坦，在飘荡、飘荡。这时，一切的劳累和饥渴，也不知是怎么的，都消失得无影无踪了。

年轻的母亲啊，轻轻地拍着儿子的脊背。她想起了自己小的时候，母亲也是这样拍着她的脊背。那时，母亲爱给她唱一首歌，让她在歌声中酣睡。母亲的歌，唱了一遍又一遍。那歌儿，仿佛永远唱不倦，她呢，也永远听不厌。如今，自己生养了儿子，可母亲唱的歌，却仍然清清楚楚地记得，好像是昨夜母亲才唱给她听过。于是，那动人的歌声，如同山谷里的清泉，又像胸膛里的乳汁，从兰萝的甜美的歌喉里，流了出来：

小马鹿，迈开了四蹄，

到溪边来饮水啊，饮水。

小蜜蜂，张开了翅膀。

到花间来采蜜啊，采蜜。

猎人啊，请你放下弓弩，

老熊啊，请你别摇晃花树……

儿子被母亲的歌声感动了，小嘴张开，停止了吸奶，睁大眼睛呆呆地望着母亲宽广的胸膛……

正当母与子在默默地进行着爱的交流，突然，从兰萝的身后，发出一声野兽的怒吼，"唔，唔……"

兰萝回头一看，啊！原来是一头黑茸茸的老熊，张着血盆大口，从一棵大树背后闪了出来，兰萝急忙收起恰卡，背上背篓，向山坡下跑去……

兰萝听老人讲过，上山，老熊比人爬得快；下坡，人比老熊跑得快。这头老熊追了几步，总是后身高，头低，行动很不利索。不知怎么的，老熊突然用两只前掌抱住头，咚咚咚地向山下滚去。几个滚翻之后，老熊已经来到兰萝的前头，只见它翻身站立起来，伸出右掌就向兰萝迎面猛扑……

兰萝的怀里兜着儿子，便急忙往左一闪。老熊扑了个空，嗷嗷地吼着，又追了上来。兰萝一转身，向斜里跑去。老熊兽性大发，哪里肯放松，前掌后脚猛扒着地皮奔跑，紧追不舍。兰萝怎么跑得过老熊呢。不一会儿，她只觉得背篓受到老熊狠狠的一击。幸好背篓里装满了贝母，挡住了锋利的熊爪，没有伤着兰萝的背脊。

正当狗熊第二次袭击兰萝时，兰萝听到了马铃的声响，她一边急速地奔逃，一边发出了呼喊：

"救命啊，救命啊……"

这呼救的声音，被行进在驿道上的格桑听见了。他是今年最后一批给独龙江边防连队运送粮食和物资的马帮的领队。完成任务之后，他今早离开独龙江正赶着一队空着驮子的骡马，攀登高黎贡山，返回县城去。那时，赶马人都发得有枪。格桑急忙把子弹推上枪膛，握着步枪就向发出呼喊的地方跑去。

到了森林中，格桑看见一头老熊，正从背后袭击一个独龙族妇女。格桑怕伤着人，不好直接射击老熊，便向空中"砰"地开了一枪……

老熊听到枪声，惊吓得抱起头就向山下滚逃而去。格桑急忙跑到那个妇女的跟前。只见她背部被老熊抓成重伤，但双手仍紧紧地护卫着怀中的婴儿。

格桑把她从地上扶起。她流血过多，脸色苍白，声音颤抖、断断续续地说道：

"儿子……我的儿子，可好好的？"

也许是听到母亲的声音，怀中的婴儿突然哇哇地哭喊起来。兰萝的心仿佛得到了安慰，两只手才慢慢地松开了一些。她定了定神，瞪大眼睛看着来救她的这个藏族赶马人。

"哦，我认出来了，大哥，你是好人哪！两年前，察瓦龙土司来抢我，你看守过我，后来又在龙滚寨救我出了魔爪……"

格桑也看了看她，只是她的脸上已刺了花纹，看不出她就是两年前他救过的那个没有文面的独龙姑娘了。但经她这么一说，格桑还是想起了：是的，她很像那个姜木雷寨的独龙姑娘……

"我，把孩子拜托给你，请你……"独龙女人掳起孩子左手的袖口，指着手臂上刺着的文身，喃喃地说着："鱼，鱼……"

"你叫什么名字？孩子叫什么名字？孩子的阿爸又是谁？"

可是，任凭格桑怎样呼喊，年轻的母亲已经闭上了眼睛，再没有说出一句话来……

赶马人是不轻易流泪的。可此时，格桑把孩子紧紧地抱在怀里，那再也忍不住的泪水，滴落到孩子的背上。他轻轻地解下了死者身上的独龙毯，当作抱被，把孩子背起。

格桑用手握成喇叭，逗在嘴上，向着山林高处呼喊他的赶马人：

"阿嘀嘀，小巴桑……"

格桑连喊了几声，都没有人回应，马帮已经愈去愈远，听不到马铃的叮当，更听不到马蹄的嗒嗒声了。只有林涛的飒飒，还有溪水的流淌，在空寂的山谷间发出单调的共鸣。

格桑本来希望能召回一个伙伴来给他帮忙的。现在，只好一个人动手埋葬这位独龙族的母亲了。幸好赶马人由于开山辟路的需要，随身带着一把军用铁镐。格桑就用铁镐在路旁的一棵红杉树下掘了一个坟坑，把死者的遗体安葬了。末了，他还遵照独龙人的风俗，把死者的部分遗物，放置在坟头上，一来是表示对死者的悼念，二来是为死者作出标志，好让她的亲人来相认。

这时，背在身上的孩子，不知是由于饥饿，还是由于恐惧，发出了一阵阵哇哇的啼哭声。格桑用手掌轻轻地拍着可怜的孩子，不知道该怎么办才好。

原来，刚才马帮行进的时候，格桑由于在路边采摘野果吃，就已经落下了一段距离。那个独龙妇女发出的呼救声，其他赶马人都已经走远，只有格桑一个人听见。他急匆匆跑进路边森林里的时候，也来不及与伙伴们打一个招呼。赶马人常常跑进森林里去打猎或是采集，这也是常有的事，伙伴们也并不在意的。可如今一耽搁，马帮早已走远，连马铃声都听不见了。

格桑想：把这个孩子送回独龙江去？可不知道他的名字，也不知道他阿妈的名字，就不容易找到他阿爸，这孩子送给谁家呢？左手臂上刺着的鱼文身，又是哪个氏族的标志呢？再说，这儿离独龙江已经有半天的路，折回去，要到天黑才能走到独龙江。再寻找孩子的父亲——谁知道孩子有没有父亲呢——那么多独龙寨子，别说找人，就是一个寨子一个寨子地走，至少也得走上十天半月的。还有，根据边防连得到的气象预报，一两天之内，高黎贡山垭口就要有暴风雪，自己所领导的这队马帮，是今年雪封山以前运送物资进独龙江的最后一批马帮了。由于抢节令，赶时间，早已是人疲马乏。本来，在完成任务后，应当在独龙江休整两天的，就因为担心气候突变，冬天有可能提早到来，连首长才催促格桑的马帮赶快离开独龙江的。如果下山送孩子回独龙江，远去的马帮久久不见自己赶上队伍，肯定会派人折回来寻找，减少了赶马人，万一马帮出了事，自己还是个运输队长，这个责任也不轻啊！再说，要是恰恰就在这两天下了雪，大雪封了山垭口，自己不就要被困在独龙江了么？一困半年，与家里失去联系，自己那新婚的妻子达娃，又该怎么想，怎么过日子呢？

"唉！眼下还是追上马帮要紧。先把孩子背回家去，让孩子长大些，到明年驮运物资来独龙江时，再找孩子的阿爸，也不迟……"

格桑思前想后，终于下了决心，便迈开大步向山上走去。说来也怪，这时，背在背上的孩子也不哭了。格桑更加产生怜悯和疼爱孩子的感情。追上伙伴，首先得给孩子喂点红糖水；宿营时，再给孩子熬点米汤；要是碰上运气，能找上几个野鸡蛋掺着吃就好了……

走出几步，格桑看见草坪上的两棵山毛桃树，叶子都已经落尽，光裸的枝干，在寒风中微微发抖。

他不禁在心中轻声地说："孩子！记住，这里叫山桃坪，这里埋葬着你的母亲……"

九、火塘

在那棵古老的红杉树下，在那个年轻的独龙族母亲的坟前，听着溪水潺潺流淌的声音，格桑几次涌起了告慰死者的感情的浪花，但又压下去了。他想让顿珠在坟前下跪，并告诉他："孩子，你真正的母亲，就在这里安息……"

可是，格桑没有这样做。十多年前，他承受了死者临终前的嘱托——他并没有辜负那位母亲神圣而信任的目光。藏民常说，有时失信于活着的人，还可以想法弥补，但对于死者的允诺，那是绝对不能违背的。出于这个道德的信念，他和妻子达娃，春夏秋冬，风霜雨雪，始终把死者的孩子当作心肝宝贝。当初，因为不知道孩子的乳名，他们就给他取了一个藏族名字：顿珠。

由于顿珠的独龙族母亲咽气太快，当时没有说出孩子的名字，没有说出她自己的名字，也没有说出她的丈夫或是她的亲人的名字，这当然很难找寻顿珠的亲人。独龙族女人文面，男人文身，是很普遍的风俗。仅凭孩子左臂上刺着的鱼纹，要想找到孩子的氏族，那更是难上加难了。格桑本想在孩子稍大一些，在第二年赶马运送物资去独龙江的时候，把孩子送到独龙江，即便用上许多时日，也要把顿珠还给他的亲人。可是，不幸的事发生了。有一天傍晚，当格桑去追一匹烈马，从山崖上摔了下去，跌断了一条腿……

格桑一养伤，几年就过去了。他看着渐渐长大的孩子，常常想：也许，当年在龙滚寨那个风雨的夜晚，和一个老猎人来接独龙姑娘的那个年轻人，就是死者的丈夫么？记得，匆匆临别前，他还把装着解放军送给独龙人的盐巴、红糖的竹篾盒转送给了自己。可是，如今他又在哪儿呢？几百里长的独龙江，上百个独龙族寨子，他又是哪个氏族的呢？他还活着吗？格桑还记得，土司当初是从姜木雷氏族的寨子里抢走的姑娘，去到那里，也可能还会打听得到她的亲人的消息……

格桑的伤，在渐渐痊愈，顿珠也在渐渐长大。有一年，正当格桑要带上顿珠去独龙江，顺便再去察瓦龙看望他老家里的亲人的时候，传来了西藏上层裹胁群众叛乱的消息。在这种情况下，一个藏人，怎么能去独龙江呢？不说历史上遗留下来的民族隔阂，就只是被怀疑成是察瓦龙参加叛乱后跑到独龙江来的匪徒，你也就甭想活命了。就这样，格桑为顿珠找亲人的事，又耽搁下来了。

此后，格桑被县上调去参加骡马队，当了马哥头，负责运输物资支援平叛的解放军和帮助翻身农奴建设新西藏。格桑赶着马帮，到了迪庆高原，翻越白茫雪山，去了德钦、盐井，一进西藏，来来回回又是好几年。等格桑回到丙中洛，顿珠已经长成一个地地道道的藏族小伙子了！再加上达娃有病，一直不能生育，顿珠也就成了他们唯一的心爱的儿子。

到了这时候，还说什么要为顿珠去寻找他那无边无际的独龙族父亲的事呢？格桑和达娃就把顿珠的身世，作为永久的秘密埋藏在心底。他们认为，顿珠好好地长大，又有出息，不就是对他死去的母亲的告慰么？谁还愿用多年前的往事来折腾顿珠的心呢？正是由于这些原因，所以，刚才格桑把顿珠领到坟前，才没有对儿子说明真相。而只是暗暗地表达他对那位独龙族母亲的一种缅怀和悼念之情罢了。

马帮开梢休息之后，又继续赶路。一路上，都是下着弯弯拐拐的坡，倒也快当。太阳刚刚落山，他们终于看到了独龙江区政府所在地——茂顶。

茂顶，这是独龙话，意思是兴旺的小平地。格桑十多年没来这里，茂顶已经一改过去荒凉的面貌，出现了兴旺景象。除了边防连队的几幢营房之外，增添了区政府、粮管所、供销社、卫生所……也盖了一大片房子。由于阿媠的家茂顶寨与区政府不在一块地方，走到山脚的时候，阿媠便与马帮分路了。她本想约上顿珠一起回家，又想到顿珠要忙马帮的事儿，就没有开口。不过，她却发出了热情的邀请，要格桑大爹和顿珠过一会儿到她家来吃晚饭。阿媠走出几步之后，又转身来喊道："一定要来嘎！不来，我要当真哭啰……"

由于大雪山封堵高黎贡山，回不了独龙江，阿媠离家已经一年了。现在，当她迈着轻快的脚步，一步步走近思念已久的她家的千脚木楼的时候，心儿反而慌乱地跳了起来。她伸手进挎包，摸着她用在民族贸易公司做临时工挣来的钱为家里的亲人买下的一件件礼物，真恨不得一步就跑到自家的火塘边……

近了，近了。走进院子的时候，阿嫱没有预先叫喊。她要家里的亲人为她突然的回家而感到惊喜。她轻手轻脚地爬上独木梯，走过阳台……门是开着的。她提起双脚一纵，进了家里，大声地说："你们看，我是谁？"

火塘边坐着她阿爸、阿妈和卜松大爹。他们一看见阿嫱，便都惊呆了。

欣喜之中，还是木金娜先喊了起来："啊，我们家的小布谷鸟，飞过雪山，回来啦！"

"怪不得，昨晚上，我做了个梦，梦见小红鱼跃龙门……"茂丁揪了揪胡子，笑眯眯的。

"哟，阿嫱长得更漂亮啦，像朵马樱花！"卜松的眼睛闪耀着火塘的亮光。

阿嫱倚靠着阿妈，坐在木墩子上。

她从挎包里拿出一柄斧头和猎枪用的一盒火药、一包铅子，"阿爸，这是给你的！"

阿嫱从挎包里拿出一包糖果、一条青布裤子，"阿妈，这是给你的！"

阿嫱又从挎包里拿出一瓶白酒，一包老草烟，"卜松大爹，这是给你的！"

"啧啧——咦咦……"三个老人都发出了赞赏的欢声。

接着，阿嫱从挎包里拿出一面镜子和一件淡绿底色印着金黄报春花的衣裳，在火塘前晃了晃，说道："这是给阿姐的。"

阿娟左右看了看，便又问："阿姐背水去了吗？怎么还没有回家？"

面对阿娟询问的目光，茂丁和卜松不知所措地低下了头。只有木金娜回答道："阿妮，她，嫁人了……"

"嫁到哪？"对阿娟来说，阿姐出嫁得这么快，是她意想不到的。

"嫁到独龙江上游，嫁给姜木雷氏族的族长鲁腊顶当老婆去了。"木金娜说起来，心里仍感到不好受。

"啊！鲁腊顶？"阿娟在去年的茂顶氏族过"卡秋哇"年节时，见过这位族长，"那不是一个年纪比阿爸还大的老头子吗？"

"他婆娘死了，看上你阿姐，硬要来提亲，他家，牛，多多的养得有……"茂丁吸着老草烟，呛得他连连咳嗽。"姑娘大了，总得嫁人啊……"

"阿娟，把你阿姐嫁给鲁腊顶，也是不得已的事情呀！"木金娜的声音有些哽咽了，我生了重病，为了祭鬼，就借了鲁腊顶的牛。杀了牛，赔不起，就只得嫁你阿姐去抵牛债……

"呜呜呜……"阿娟把镜子和花衣裳甩在地板上，扑在阿妈的怀里大哭起来。

刚才还是明亮欢乐的屋里，此时，变得暗淡无光，情绪苦闷低沉。原来，不仅是由于天色已经黑定，连火塘里的火也微弱了。

就在这时，赶马人格桑和顿珠两父子来到了门口的阳台上。顿珠朝屋里问道："这是阿娟的家吗？"

"是啊！"茂丁回答道。由于屋里闪着火光，外边是黑的，他没有看清来人是谁。

"我们是从县城来的赶马人……"

啊！这不是顿珠的声音吗？阿婻立即揩干了眼泪，从阿妈的怀里挣脱出来，跑到门口来迎接。

"格桑大爹，顿珠，请进来！"接着，阿婻又转身过来，对阿爸、阿妈说道，"这是我请来的客人……"

独龙族是十分热情好客的。即便是陌生的过路人，只要来到门上，都要招待食宿。如果拒绝，那是一种耻辱。眼前的客人，不要说还是阿婻专门请来的呢。于是，茂丁、木金娜和卜松，都起身欢迎，请客人在火塘边坐下来。

全家人，包括卜松在内，都在围着火塘做饭，准备用各种佳肴待客。茂丁用火灰焐起熊肉干巴，卜松在用石锅焙烤干蜂蛹，木金娜在用铜锣锅焖米饭，阿婻在洗笋丝和黑木耳。只有格桑和顿珠不便做饭菜，就坐在火塘边吸烟，喝茶，并负责烧火加柴。

赶马人有句俗话：人要实心，火要空心。让实心人顿珠来烧火，那还会不红旺么？在明亮、温暖的火塘前，阿婻边做饭菜，边讲了她在县城住医院时，以及在回家的路上，如何受到顿珠和他阿妈、阿爸热情照顾的事，茂丁和木金娜听了，满心感到喜欢，连连向客人说了好几次"感谢，感谢"的话。

只有细心的卜松，在高兴的同时，也产生一丝丝忧虑。他似乎已从阿婻和顿珠两人的目光相遇、笑脸相对中，觉察到在两个年轻人之间已有某种过分亲热的表示和闪耀着某种特殊的感情火花。阿婻越是讲她在医院里与顿珠和他阿妈如何情同手足的故事，卜松的那种莫名其妙的忧虑也就越来越加重了。他甚至还乘机向顿珠发出几句试探性的问话，想看看小伙子对阿嫡是否也产生了那种敏感的感情。对这种试探，弄得顿珠耳红面赤，不知怎样回答才好……

这时，卜松就会发出狡猾的微笑，又故意扯别的事，来为窘迫的顿珠解围。说真的，卜松从自己的经历，从自己的欢乐和痛苦中感到，像察瓦龙藏族土司那样的藏人，是十分可恨的。可是，藏人中也有好人啊！例如当年救兰萝出虎口的那个土司的家丁，不就是一个永远值得他尊敬的好人么！但是，由于在漫长的黑暗岁月里，藏人对独龙人的掠夺和欺压——特别是给与西藏接壤的、居住在独龙江上游的姜木雷等氏族的独龙人，造成了深重的灾难，在心中也留下了难以磨灭的民族怨恨。正是这种历史上遗留下来的阴影，使卜松以及像卜松有着同样经历的独龙人，对藏人始终是怀有一种戒备的心理。当然，自从西藏反动上层的叛乱被平定之后，察瓦龙的藏人就再也没有来独龙江为非作歹了。近几年，藏人的马帮驮运物资到独龙江来的也不少。那些藏族赶马人，见了独龙人，也还是亲亲热热的，这使得卜松也渐渐消除了对藏人的对立情绪。可是，今晚上一看到阿嫡与顿珠的那股隐隐约约的亲热劲头，卜松就又感到心里升起了一股无名的火……他甚至想：该用历史上防范察瓦龙土司来抢独龙姑娘的办法，明天就劝说茂丁和木金娜，早些给阿嫡文面吧。文了面，阿嫡变丑了，看你藏族小伙子，还喜欢跟阿嫡眉来眼去的么？

当然，这些想法，都是深深地隐藏在卜松的心里。由于独龙人好客的传统习俗，卜松表面上还是对格桑和顿珠热情相待的。他还去自己的屋里，抱来了几桶用小米酿制的水酒，招待从远方为独龙人运来了种子和农具的藏族客人。

一顿丰盛的饭菜，在主人和客人的谈笑之中，很快就做好了。当人们围着火塘，举起斟满了水酒的竹杯，相互碰杯祝福时，由于顿珠和卜松就并肩坐在一起，有了对比的条件，格桑才惊异地发现：顿珠的容貌与卜松的模样，是那么相像！只不过，他们的气质和神态，又是那么的不同。而且，眼前的这个卜松，还使他模模糊糊地想起了十多年前在龙滚寨的那个风雨之夜，他从察瓦龙藏族土司的手里救出的那个独龙姑娘的情人的模样……这时，一种不知是喜还是忧的情绪，从格桑的心底油然而起。

在"干杯干杯"的热情声中，格桑端起竹杯，将酒一饮而尽……

格桑不断地回忆着：在十多年前的那个风雨的夜晚，自己出于做好事而不图报答的想法，与那个来接应独龙姑娘的青年人未曾互通姓名。在那生命危急的情况下匆匆相遇，又匆匆分手，那人可能没看清自己的容貌，可自己对那人还是获得了一定的印象。从那人的身材、长相、语气、动作上看，眼前的这个卜松，莫非就是把装着红糖、盐巴的竹篾盒送给他的那位独龙族小伙子吗？

"唉，这些往事，还想它做什么呢？"格桑又饮干一杯水酒，把心事压了下去，并自己劝解着自己："这里是茂丁氏族，那姑娘和小伙子是独龙江上游的人，与这茂丁寨相距几百里，怎么会有这样巧的事，卜松就是那个小伙子呢？"

这时，阿姢给老人们讲起了县城的新鲜事，茂丁也讲起了今年独龙江的春忙备耕情况，卜松讲起了他前几天在森林中发现野牛群的经过……主人和客人，亲亲热热地畅谈着，在火塘边吃完了一顿丰美的晚餐。

因为运输任务紧急，格桑和顿珠第二天一早就要启程返回贡山县城去。过几天，他们还要替民族贸易公司驮百货到独龙江来。看看窗外的星月，不觉时间已晚，格桑和顿珠起身告辞。

把客人送下竹楼，茂丁、木金娜和卜松就止步挥手，连声送别。只有阿嫲执意要再送格桑和顿珠一程。看着阿嫲的身影在星光下渐渐远去，卜松凑近了茂丁的耳朵，悄悄地说出了他对阿嫲与顿珠亲密关系的忧虑……

十、思绪

　　夜幕掩盖着丙中洛，从傈僳族、怒族、藏族、白族、汉族等民族各式各样的楼房、木板房、千脚竹楼、土掌房里透出的明亮灯火，闪闪烁烁……

　　丙中洛，是怒江边一个多种少数民族杂居的村落。各民族之间，在长期的生产、生活中，互相帮助，和睦相处。一九○七年，为捍卫各民族的思想文化传统和经济利益，曾经爆发过由藏族青年高玛昂珠和怒族青年甲旺楚匹共同领导的各族人民联合驱逐法国传教士任安守的武装起义。这次震惊中外的斗争最终虽然失败了，但各族人民在历史上用鲜血和生命结成的友谊，却一代代相传下来。解放后，各族人民更加亲密团结了。人们就像那一盏盏灯火，从各家各户放射出光芒，组成了星汉灿烂的高原银河……

　　在一幢藏族式的楼房里，楼下作厩，马、牛、羊都在厩里相安无事地嚼食着草料，发出强弱不同的唰唰声。楼上隔成三个房间。中间较大，有一个火塘，是厨房、客房兼作顿珠的卧室。左厢房是格桑和达娃老两口的卧室，右厢房是堆放粮食和杂物的仓库。此时，心绪杂乱的顿珠坐在小塘边，弹拨着六弦琴。琴声断断续续，不知道他在弹什么曲子。格桑是远行走路累了，达娃是生着病不舒服。老两口就躺在一张古老的大床上，想着心事，各自默默无语。

格桑和顿珠的马帮从独龙江回到贡山县城，刚好有人从丙中洛带口信来，说是达娃的病又发作了，要他父子俩回家去看看。于是，格桑和顿珠就利用去独龙江之前的几天假期，回到了丙中洛。

傍晚，趁顿珠去田野放牛不在家的时候，格桑给妻子讲了这次去独龙江的情形。达娃听后，陷入了深深的忧思……

那一年，格桑从独龙江回来，背上背着个娃娃。听格桑讲了孩子的母亲被老熊抓伤后惨死的情形，达娃拉开衣襟，把孩子紧紧地抱在怀里。孩子哇哇地哭，达娃也流出了眼泪。达娃与格桑结婚两年，还没生孩子。她就把男人从高黎贡山抱来的这个独龙族娃娃，当作了自己的儿子，只不过给他取了个藏族名字：顿珠。

没有奶的母亲多难做啊！那时，达娃家还没有奶牛，她就抱着小顿珠，去村子里做母亲的人家讨奶吃。上午，去一位傈僳族母亲家里喂奶；下午，又去一位怒族母亲家里喂奶；第二天，又抱着孩子去一位纳西族母亲家里吃奶；第三天，又请一位汉族母亲给顿珠哺乳……小顿珠啊，就这么一天天吃着各民族母亲的乳汁，一天天在各民族母亲的怀抱里成长。

后来，顿珠长大些了，光是靠去别家讨奶，不够他吃了。格桑和达娃咬咬牙，用家里仅有的一匹马去换了一头奶牛。从此，顿珠就天天有奶吃了。当达娃第一次用酥油茶捏成糌粑面坨坨喂顿珠，小儿子张开笑脸，嘴上露出白生生的两颗小门牙的时候，两口子高兴得围着火塘跳起了锅庄舞……

后来，命运又安排达娃与一个独龙族姑娘阿嫱在贡山县医院，在一个病房，看到顿珠与阿嫱说说笑笑，显得那么情投意合，达娃的心里是十分喜欢的。尤其使达娃感到高兴的是，阿嫱没有文面，如果文了面，再美的姑娘都会变丑了。那时，除了独龙族的小伙子，别的民族的青年人，是再也不会看上文面的独龙姑娘了。趁着阿嫱还没有文面，达娃便有意促成了这对青年人的感情的发展。异族之间通婚，在丙中洛有的是，两夫妻同样生活得好好的。有的家庭还是藏族、怒族、白族组成的呢。达娃甚至替儿子把婚姻事都想好了：让顿珠与阿嫱结了婚，阿嫱就到丙中洛来与她做伴，那时，他父子俩赶马到了哪个山沟沟，她也不会感到孤寂了……

可谁知，阿嫱那姑娘，一心想着她的家乡。病还没有好呢，就天天嚷着回独龙江，也难怪，她还小呢，想家、想父母，也正好说明她是个对父母有感情、有良心的人。就让她先回独龙江，过上一两年，再让顿珠去把她讨回来也不迟。急什么呢？好在他们俩那么说得拢，那么亲热。就像一首藏族民歌说的，两个人有了爱情，高山隔不断，大江冲不散……

可偏偏在独龙江，突然杀出一个名叫卜松的人。更使人担心的是，顿珠与那个卜松长得十分相像。甚至于——根据运气倒霉的格桑回忆，卜松还有可能就是顿珠的生身父亲呢……

"不！不可能！相貌相似的人多的是，怎么可能卜松与顿珠就是父子关系呢？"达娃思来想去，翻了个身，最终还是用这句话来安慰自己的忧心。

这时，顿珠还是坐在火塘边弹着六弦琴……

看到达娃翻过身，格桑知道妻子的心里在想什么。其实，格桑也只是表面显得平静，心里的思绪，恐怕比达娃还要乱呢，就像那风雨中的独龙江波浪。

唉！你这个鬼老二卜松，怎么不早钻出来呢？早些年，顿珠还小，有哪样不好说？那阵子，我格桑是真心实意想为顿珠找到他的亲人。要不是西藏头人叛乱，那年我就领着顿珠去独龙江了。可如今，顿珠长成小伙子，我格桑和达娃都老了，再也不会有孩子了。特别是达娃，身子有病，失去了顿珠，她该怎么过日子呢？是她，以母亲的心血，日日夜夜的辛劳，把顿珠养大的啊！顿珠对于这个家，好比是房梁，是屋柱；对于我和达娃，就像是我们的脊梁骨，就算你卜松是顿珠的生身之父，又怎么能从我们的心上把他挖走呢？

想到这儿，格桑的胸口仿佛感到有些闷疼。他翻身下床，从柜子里取出一瓶药酒，咕咕地喝了两口。当他放回酒瓶的时候，看见了柜子里那个精制的独龙族竹篾盒。

格桑把竹篾盒取出，捧在手上呆呆地望着。是啊，盒上有用金竹篾编成的一条鱼。由这条鱼又想到顿珠左手臂上文身的那条鱼。这两条鱼好像还在眼前蹦跳起来了呢。这就是那个独龙族小伙子，在那个风雨的夜晚，为感激格桑救出他心爱的姑娘，才把这个竹篾盒送给了格桑。最难忘的是，当时，竹篾盒里还装着解放军救济独龙族的红糖和盐巴呢。

这竹篾盒，格桑始终是把它作为民族团结的象征，作为一个宝贵的纪念品而珍藏着，一直舍不得使用。如今，十多年过去了。唉，但愿那个卜松，并不是这个竹篾盒的原先的主人吧……

当格桑把竹篾盒重新放进柜子里的时候，外间火塘边突然传来"嘣"的一声，听得出是琴弦断了……

由于心情的烦乱和苦恼，顿珠就没有完整地弹过一支曲子。他一会儿弹的是牧羊女在草原上苦闷孤寂的曲子《草儿青青》，一会弹的又是反映赶马人远离家乡在独龙江跋山涉水的曲子《驿路漫长》……总之，他不知道弹什么曲子才符合他的心意。也许，就这么东拉西扯地弹琴，才正是他此时的心境的真实写照？可是，琴弦断了，他的思绪却没有断……

离开独龙江那天，为了赶个阴凉攀登高黎贡山，赶马人起得很早，天不亮，就出发了。

这出发的时间，并不是原先就决定的。按一般规律，得吃过早饭才会起程。可是，在半夜刚过些时候，当那只鞍头上的红公鸡才发出第二次啼鸣，作为马哥头的格桑，就把一个个赶马人都从睡梦里喊醒了。他"早走早爬山"的想法，得到了大伙儿的赞成。但这却苦了顿珠……

顿珠也给骡马备鞍子，上空驮，一边看着通往茂顶寨的那条小路。他希望在漆黑的夜色里，会出现一支火把，那火把向他走来，火光映出了阿嫘的影子。顿珠的心感到一阵酸苦，一双脚像捆着两块大石头那样的沉重。是啊，不能怪阿爸，阿爸是为了马帮赶路；也不能怪阿嫘，阿嫘怎么知道马帮会走得这么早呢？所以，阿嫘没有赶来相送。当然，顿珠知道，过几天，他还要赶着马帮，驮着许许多多的东西来独龙江的。那时，他一定要把在心里孕育成熟了的那句话，告诉阿嫲，并且要她立即作肯定的回答。那时的阿嫲呢，也许并不需要说什么话，只要点点头，笑一笑，就行了。

顿珠在充满离别的惆怅和对未来怀着美好憧憬的矛盾心情中，像飞一样地快步爬山，一直冲到披红挂绿的头骡后边，从一个赶马人的手中接过铓锣，"锵、锵、锵"地使劲敲响起来。

顿珠想让这嘹亮的铓声，把沉睡中的独龙江唤醒，把正在做着美梦的阿嫲唤醒，让她知道：顿珠提早走了，这铓声就是向她作暂时的告别……

当曙光从高黎贡山的峰顶升起，顿珠站在路边的一块大石头上，回过头来，向下看去。他想看看阿嫲会不会站在山脚，站在江边，向他挥动那彩云般的独龙毯。可是，他什么也没有看见，峡谷里是一片白茫茫的雾海。他只好跳下石头，奋力向高处攀去。他盘算着：三天到达贡山县城，再有几天的休息和准备，接着又是三天的路程，加起来，十多天，就能重返独龙江，就能见阿嫲。可是，一到县城，就听说阿妈的老病复发，顿珠和阿爸就赶回丙中洛来了。

走在路上，格桑就给顿珠说，今年，要赶在大雪封山之前，给独龙江运去比去年多出两倍的物资。这任务又重又紧呢，他是马哥头，不好请假，就让顿珠请假在家照顾他阿妈。当时，顿珠听了，没有吭气，不知道该怎样回答才好，但顿珠又没有任何理由觉得阿爸的话不对。

等到傍晚进了家，在这个将熄未熄的火塘边，顿珠看到阿妈伏在膝头上打盹，他的心，霎时间，像干柴遇火一样，猛烈地燃烧起来。他跪下一只脚，把头扑在阿妈的怀里，声音哽咽地说：

"阿妈，你的儿子，回来晚了！"

达娃伸出那天长日久被牛屎、马粪和牛奶、洗衣肥皂水浸泡得粗糙干裂的双手，抚摸着顿珠的脸，为顿珠揩去泪水，从内心浮起微笑，问道：

"孩子，阿嫲见了她阿爸、阿妈了吗？阿嫲可让你给我捎来什么话？多好的一个姑娘啊，阿妈真真地想念她……"

这时，不知怎么的，顿珠反而像小时候一样，呜呜地大哭起来……

还是母亲能够理解儿子的心。达娃让儿子坐下，又伏下身，吹旺了火塘，把柴火烧红了，这才说道：

"孩子，不要愁。你跟着就去独龙江，去向阿嫲讲明你心里的话。我看得出来，她也是喜欢你的……"

达娃越是这么体贴儿子，顿珠越是哭得伤心。他感到，对阿嫲的爱和对阿妈的爱，把他的一颗心搅得酸甜苦辣的，真不知道该怎么办才好。晚饭后，阿爸、阿妈去房间里休息去了，顿珠就这么坐在火塘边，弹着琴，苦苦地思索着……

顿珠当然对他的生身母亲是没有任何印象了。因为兰萝死时，他刚满一岁。他所知道的母亲的胸怀，最温暖、最宽广，那也是达娃的胸怀。他自有生命以来的第一句语言，用藏话喊出那神圣的"阿妈"，也是奉献给达娃的。他留在记忆中的对母亲的一切美好的感情，也都是属于达娃的。虽然他渴求阿嫲的爱情，可是，在他的心中，母亲的恩情却是高于爱情的！当这两者产生了矛盾，确实也使他苦恼过。但此时，他想通了，就在他下定决心的时候，不知是怎么的，他的琴弦拨断了一根。

顿珠轻轻地放下六弦琴，走到了格桑和达娃的房门口，向着里边说道："阿妈，我要留在家里，服侍你……"

"孩子，过一些日子，你阿妈的病好了，你再去独龙江……"这是阿爸的声音。

十一、木刻

　　茂丁虽然是"卡桑"（氏族长），但他同样是一个劳动者。他甚至比普通的氏族成员要为氏族付出更多的心血。他负有领导生产、主持祭祀，还有在氏族内公断事务、排解纠纷、处理婚嫁事宜等职责。而劳动所得，他也只能得到平均分配所应得的一份。氏族，独龙话称为"尼柔"，意思是由同一祖先的后代所组成的、有血缘关系的集团。实际上，茂顶寨也就是一个大家庭而已。除了卜松是别的氏族迁来的而外，其他人家都是同一个祖先的。根据独龙族社会发展的实际情况，区政府常常就把氏族长任命为这个寨子的生产队长。因为氏族长不是世袭继承，而是由群众推举勤劳、勇敢、智慧、公正的男人来担任，在群众中还是比较有威望的。茂丁，就是茂顶寨的"卡桑"氏族长和生产队长两个职务双肩挑的人物。

　　今天，又是一个晴朗的日子。太阳已经翻过高黎贡山，用它那金色的光芒照耀着山林。根据茂丁和"纳木萨"（巫师）前几天商议的结果，今天是茂顶氏族放火烧"香木玛"（意即刀砍地）的日子。此时，茂丁站在他家的阳台上，把一个乌黑的牛角号逗在嘴边，仰起头，用力吹了起来。

"呜，呜，呜……"

茂顶寨不大，就是那么九户人家，号角声立即传遍了全寨。不一会儿，男子汉和妇女们都纷纷向茂丁家走来了。因为人们都知道今天要去"香木朗"（意即火山地，即先砍倒树木晒干，再烧树木成灰肥的地），连孩子们也都赶来凑热闹。茂丁站在阳台上，卜松以助手的身份站在他的身边。他俩看看人到得差不多了，也没有发表什么动员讲话，便把手一挥，只喊了声"走哇"，就领着大伙儿向新砍倒树木的"香木朗"走去。

独龙人的农业生产，除了房前屋后的"结白"（意即园地，是独龙人最好的土地）和比较固定的半轮歇耕地"斯蒙木朗"（意即水冬瓜树地，即在这片耕地周围种上极易成活的水冬瓜树，作为占地的标志，这种土地一般采取种一年休歇一年的轮作方法，以保持土地的肥力，这是独龙人较好的土地）属各家私有耕作而外，粮食收入主要靠全氏族的公有共耕地——大面积的刀耕火种地"香木朗"。今天，茂顶氏族要去烧的林地，是去年秋天就砍伐了森林，一直暴晒着的了。走在路上，人们都显得精神振奋。妇女们叽叽喳喳地笑着，男人们还唱起了粗犷豪放的《大风大火歌》。只有娃娃们在边走边商量着，怎样在大火烧起林地的时候，设下网扣捕捉那些从火里逃窜出来的野雉……

在太阳当顶的时候，茂丁领着大伙儿来到了半坡形的"香木朗"地的边缘。砍倒在地上的一棵棵大树、小树，枝枝叶叶早已晒干枯了。林地上可以看见一缕缕氤氲在升腾。

"嗯，一定能烧得透透的啦！"茂丁暗暗感到高兴。接着，他以各家为单位，分配他们去林地的边沿开出一道防火线，以免火势蔓延烧了"香木玛"附近的森林。

很快地，防火线也砍出来了。这时，中午已过，从独龙河上刮起了强劲的春风。茂丁脱下他身上的麻布裆，用砍刀在一棵倒了的老松树上劈下几块油柴，又折了几根干枝，扎成一个火炬，然后，从挂在裤腰带上的一个熊皮火种袋里，取出了火草、马牙石、火镰。他用火镰撞击马牙石，迸出火星点燃了火草，再吹红火苗烧起了火炬……

卜松在一旁微笑着。一切都是这么顺利，心想：大概是烧林地的日子选得好吧。

茂丁举起火炬，向着当顶的太阳扬了扬，好像是要让火炬从太阳吸取光焰似的。接着，他喃喃地祈祷着，意思是请天神和地神帮帮独龙人的忙，让大火熊熊燃烧，让火山地多多长出粮食。

在众人的瞩目下，茂丁把火炬投进一片干燥易燃的枯枝堆上。人们屏住呼吸，盯着那红色的火苗。开头，枯枝上冒起一片青烟；接着，一股风吹来，"轰"的一声，火点着了！

人群中立即发出了欢呼。男人们手舞足蹈地跳起舞来。不一会儿，风助火势，大火迅即燃烧起来，很快就把那片干枯的林地变成一片火海。

"啊嗬嗬！啊嗬嗬……"只有在这时，茂丁才发出了声震山谷的欢呼。

林地上烈焰腾空，像落下一个小太阳。火势越烧越旺，还发出一阵阵枝干爆炸声。那些躲藏在林地里的野雉、老鼠等野物四处逃散，把孩子们都吸引去了。

火光照耀着茂丁的胸膛，仿佛是在皮肤上涂了一层金红色的油彩，使他显得威武雄壮。看了看那向上席卷而去的猛烈的火阵，他感到放心了。于是，他又开始安排下一步的劳动活计。他用砍刀砍了一截干松木，又将松木破成九块小木片，再用草绳扎住木片的两头，这才用刀在九块木片上分别刻了整整齐齐的三个空格。

茂丁用右手举起木刻，把各家的家长召集到身边。他把刻木给每家发了一片之后，说道：

"大家看清了，木刻上都刻着三个空格。太阳从高黎贡山升起，又落到担当力卡雪山后边，你就用刀子削去一个空格。也就是一天削一空格。等到削完了三个空格，你们就在太阳出山的时候，来这里种地。每家凑上两捧苞谷种，再带'案姆'（凿地播种用的尖木棍或尖竹竿）来。今年嘛，大家齐心种好这块火烧地，苞谷就多多的得吃啰……"

"合啰！合啰！"大家齐声附和着。

火山地还在熊熊燃烧的时候，人们就纷纷离去了。

走在回家的路上，木金娜也感到十分高兴。因为，今天这块林地的火烧得这么红旺，也有她一份功劳呢。去年春天，砍溪边的那片森林时，是阿妮和阿婻负责烧的开水。到了秋天砍今天烧的这块"香木朗"的森林时，阿妮出嫁了，阿婻又隔在雪山那边的县城里，烧开水的事，就由木金娜一人承担了。她想，老一辈的规矩真是违背不得哩！要是秋天里砍森林时人们喝了冷水，今天烧"香木朗"，要不就烧不旺，说不定还会下大雨呢！"香木朗"烧不透，土地就没有力气，长出的苞谷秆就像芦苇草那样瘦瘦的，还吃哪样苞谷呢？想到这儿，木金娜小跑两步，来到茂丁身边，说道：

"今天烧'香木朗'的火势真旺哩！要是阿嫲看见，她准会高兴！"木金娜边走边说。

"阿嫲去麻胡（意即森林多的地方）帮阿旺（伯父）家搞春耕，恐怕也是这几天就要烧林地了。他们那里树又多、又粗，烧起火来更是红旺呢！"茂丁放慢了脚步，侧过脸来问木金娜："阿嫲去了几天啦？"

"我咋个说得出来。门背后我倒是拴了一根草绳，阿嫲走了以后，我一晚上结一个疙瘩，你回家去看看，就晓得啦！"木金娜说完，就放慢脚步，有意落到男人的后边。独龙族妇女走路不能走在男人前边，否则，男人就会倒霉。这个祖祖辈辈传下来的规矩，木金娜是从来也不敢违犯的。"唉！那赶马的藏族小伙子走了的那天，硬是把阿嫲气伤掉啰！她心里不好受，就让她在阿旺家多住几天得啦！"

阿嫲的阿旺（伯父），名叫茂丁当，是茂丁的大哥。茂丁当搬去的麻胡寨，是早一辈由茂丁氏族分裂出去的，称为"纳努尼桑"（意即兄弟氏族之意）。茂丁当的妻子死去了，又没有子女，他本人年迈多病，不能搞什么劳动。根据老一辈传下来的规矩，兄弟氏族之间，在经济上应当互相帮助。所以，今年春耕大忙一开始，茂丁就决定让阿嫲去帮茂丁当劳动一些时日。阿嫲不好推辞，就去了麻胡寨。

说到阿嫲，卜松就又重复着这几天来他反复思考过的老问题。他紧跨几步，上前来与茂丁并排走着，说道：

"那晚上，我一眼就看出来了。那个藏族小伙子肯定是早就爱上了阿嫲。阿嫲可能是当着你们的面，害羞一些，不敢公开表示哪样，可她的心思，也是喜欢那个赶马人的。要不，第二天，马帮一走，阿嫲就像失魂落魄一样。我还见她眼睛红红的，怕是哭过好几回了呢……"

"唉，人家兴许是在县城就好上啰！"茂丁无可奈何地摇了摇头。

"茂丁大哥，你知道的，藏族人，对我们独龙姑娘，会有哪样真心实意的爱？从老祖祖的老祖祖那一辈起，就传下话来，藏人糟蹋过我们好多好多的独龙姑娘。我们独龙人没有办法，只好等姑娘一长大，就给她文面。文了面，他们藏人就看不上了……"卜松只顾说话，不小心被路边的茅草绊了一跤，扑通一声摔倒在地上。茂丁把他扶起来之后，他又接着说道："特别是那些藏族赶马人，走南闯北的，更是不可靠。追女人，就像采野花一样，搞到手以后，很快就又甩了……"

"有哪样法子呢？卜松，我家阿嫲，你看着长大的，性子犟得很。再说，雪山都隔不住人心，我们作父母的，总不有高黎贡山高呀！"木金娜那晚上只见卜松在男人耳边嘀咕，没听到他说什么，便故意问道："阿嫲也就像你的姑娘一样亲，你给出个好主意嘛！"

卜松这时有些得意了。他知道自己在茂丁家的地位已经越来越显要了。便提高了声音让在前走的茂丁和在后走的木金娜都听得见：

"主意，不消我想啰！现成的主意只有一个，赶快给阿嫲文面！脸上一刺黥墨，那花纹，比高山还起作用……"

"是啊，去年阿妮文了面，今年也该阿婻文面了。"茂丁回过头来，看了看木金娜。"就怕她不愿文面。要是有人来提亲，我们就更有理由给她文面了。老祖辈的规矩，阿婻再不愿意，也不敢违背呀！"

"合啰，合啰！我看，就这样办吧！等种完了苞谷，就给阿婻文面！"这时，卜松才把刚才摔跤时沾在身上的灰灰草草，啪啪地拂去了。

就这么说着讲着，茂丁他们三人不觉已到了家。这时，已经有一个独龙人在阳台上等着他们了。茂丁上前一看，原来是姜木雷氏族的一位德高望重的长者，名叫普卡瓦。

普卡瓦到茂丁家已经多时了。虽然门是虚掩着的，由于主人不在家，他就只好在阳台上歇息着。

此时，他站起来微笑着说道："春天来了，该种苞谷了。姑娘长大了，该嫁人了！"

茂丁和木金娜听了，心里乐滋滋的。大女儿去年才嫁出去，今年一开春，就又有人来向二女儿提亲。这说明他们的女儿长得好，人品好。作父母的，也感到自豪。茂丁几步跨完独木梯，上到阳台上，把普卡瓦请进家里。木金娜忙着把火塘烧了起来。卜松出于对兰萝的怀念，对从故乡姜木雷家族来的客人，总有一种特殊的亲切感，也殷勤地给普卡瓦递烟、倒茶。

普卡瓦坐下后，茂丁压住内心的喜悦：刚说要给阿婻文面，还怕没人来求婚，这下可巧了，媒人早等在家里，怎么不使人高兴呢！但茂丁还是不能不说几句客套话：

"我家阿婻，长得不好看，像路边打破的碗花；嘴笨不会说话，像没剪过舌头的八哥鸟。普卡瓦大哥，不知哪家看上了她？"

普卡瓦不慌不忙，喝了一碗温热茶，又点着老草烟吸了一口，这才伸手去腰带上，摸摸索索地拿出一根洁白的木刻（注：独龙人没有文字，一般用木片刻上某种符号或一定的格数以作传递讯息和记事用。即所谓刻木记事。有时还用草绳结疙瘩记事。这在原始民族中都是两种主要的记事方法。）递到了茂丁手上，慢悠悠地说道：

"你一看木刻，就晓得啦！我普卡瓦送木刻，当说客，不是好人家，请不动我呢！"

独龙人的火塘，自从点燃的那一天起，就不能熄灭。只不过人不在家时，火是用灰焐着的。人一回来，拨开火灰，吹燃木炭，火塘很快就烧旺了。这时，借着火光，茂丁把木刻拿到眼前。木金娜和卜松也凑过来看看。一看木刻上的印记是一朵杜鹃花，他们不禁齐声说道："哦，是他家呀……"

"你们瞧，木片头上刻了一只公鸟，就是求亲的表示。下边刻了七个空格，到七天后的第二天，人家就来提亲，求一个吉祥如意的双数。你们可得要按规矩，好好招待一下！"普卡瓦一看茂丁家夫妇的脸色，心上挂着的一块石头，仿佛落了地。

"嗯，那时候，苞谷种完了，也有空闲迎客啰！"茂丁说着，把木刻交给了木金娜。

十二、狩猎

　　经过几天来的突击劳动——在茂顶氏族的那块公有共耕的火烧地上，男子汉在前边用尖木棍或尖竹竿戳出一个个洞穴，妇女在后边将苞谷种点进洞穴，再用脚掌把火烧林地积起的灰土扒去盖上。就这样男人在前，女人在后，耕耘播种如同跳舞，有时还唱着歌儿，那劳动的场景十分欢快，当布谷鸟的歌唱还没有停歇，茂丁氏族大面积的春耕春播总算是结束了。中午，茂丁和木金娜回到家里，虽然也感到疲累，但却大大地松了一口气。下一步就看老天爷对独龙人怎么样了。刀耕火种就得靠天下雨啦，一两场春雨过后，苞谷才会出芽……

　　茂丁把火塘烧旺了，木金娜在火上架了一块石板锅，炕了两大块董棕粉（注：一种棕榈树的树干中挖取的淀粉）做的粑粑，透透地吃了一顿饱饭。茂丁喝过酽茶，枕着竹筒枕头，躺在火塘边吸烟。他吞吐了几口烟雾之后，忽地坐了起来。

"木金娜，把门背后插着的那片木刻拿来我瞧瞧。"

木金娜走过去取来一片木刻，递到了男人的手里。茂丁一看，木刻上边的三个空格，都已经削平，就把它丢在火塘上当柴烧了。

"哎，木金娜，你是累昏了，还是怎么的？这片木刻，是我们氏族种火烧地时，我刻的播种记事用的木刻嘛，早过期了。我说的是，那一片，人家来求亲的木刻……"

木金娜也笑了，因为她刚才没有注意看，门背后的光线很暗，就顺手拿了一片白白的木刻，却拿错了。她重新走过去，又拿来了一片木刻。

茂丁把木刻凑近火边，用手指一一扣着，数了数，已经削去了六个空格，他拿出刀，把最后一个空格也削去了。

"木金娜，明天，求亲的人就要来了！"

"来了好嘛！人家会背来水酒，牵来黄牛，我这一阵劳累了，也该大大地吃喝一顿，补补身子的力气啰！"

"是嘛也倒是。不过，我大小是个氏族长，政府还封了我一个生产队长的官，总算是有点身份，有个地位的人。求亲的来了，我们不能光吃人家的彩礼，自家一点表示都没有，也太寒酸了。"

"那有什么办法？我们家就一直穷得很。要不，就去上江那些有牛的人家，借一头黄牛来，先应应急！"

"哎，借牛，拿哪样还？去年春天，借牛来为你的病祭鬼，你的病还没有好，牛皮才刚刚晒干呢，鲁腊顶就上门来讨阿妮去做婆娘……"茂丁说到这儿，心情一时感到不好受，就把木刻"叭"地一折两段，丢在火塘里。接着，又躺了下来，伸开了两条腿。"要不是欠了鲁腊顶的牛，我也不会把阿妮嫁给他。

那老头子，说起来，比我还大四五岁呢……"

"是啊，借牛好借难还债啊！如今，姑娘就只剩下一个。阿娟的亲事定了以后，哪里还有姑娘去抵牛债呢？"木金娜喝了一口酽酽的苦茶，仿佛连心底都觉得苦了起来，不禁叹了口气，"唉……那就光吃人家的彩礼就算啦？"

"不！我有办法啰！"茂丁一骨碌翻爬起来，顿时长了精神似的，大声说道："老辈子人不是这样传下来的嘛，'生个男儿打野牛，生个姑娘换黄牛'。我茂丁也算个远近有名的男子汉，虽说上了点岁数，可打条野牛，力气还是顶够用的吧！"

"这倒是个好主意！"木金娜说着，也来了劲。"俗话说，有钱人，牛关在家里；穷苦人，牛养在山上。不过，要打野牛，你得找上几个伙伴，请卜松他们帮帮忙……"

正说着，卜松跨进门来了。

"我就说，耳朵总是发热。家里的板凳留不住我的屁股，老想到你家这边来。原来是大嫂子在念叨着我呀！"

"是呀，想请你同我去打条野牛！"茂丁热情地伸出手来，示意卜松坐在他的身旁，"提亲的人，明天就来了，总不能让人家笑我们穷呀！用打来的野牛招待客人，比杀自己养着的黄牛，还要光彩哩！"

"茂丁老哥，我就是为这事来的呀！我俩可是想到一块儿去了。"卜松一拍掌，把头凑近了茂丁，"前些日，我去虎爪箐转过，发现一群野牛来那儿喝咸卤水，蹄印叠蹄印，怕至少有十来头呢！今晚上，照日子算，又是月亮最圆的时候，牛群准会来虎爪箐……"

"哦，真的呀？"茂丁再也坐不住了，"说干就干，马上就出发！"

"打野牛，可不是像打麂子、马鹿那样轻松，不能闹着玩呀！"卜松一看茂丁热了起来，自己倒反而显得冷静多了，"再急，也得要先祭一祭且卜拉山神（独龙族认为是管山林里的野兽的神），不然，空手回来，多丢脸呀！"

"是呀，卜松说得对，饭可以不吃，老辈子规矩丢不得。我还存着打猎祭神用的那些面粉哩！"木金娜说着，去屋角搬出了几个竹筒。

接着，他们作了分工。卜松去约上几个青壮年猎人，茂丁在准备打猎的武器：弓弩、毒箭、砍刀、角叉等。木金娜负责调和面粉。她从一个个竹筒里倒出一点苞谷面、董棕粉、野百合粉、葛根粉，再用蜂蜜把这些面粉拌合起来，捏成面团，又用大芭蕉叶包起面团，放进茂丁的挎包里……

不一会儿，卜松叫来了几个勇敢的猎人。茂丁也收拾完毕。他们就兴高采烈地出发了。

独龙人由于只有几种简单原始的弓箭等打猎武器，要想获取大的野兽，就必须采取集体狩猎的方式。他们把集体狩猎称为"节德哇"，就像过年节一样隆重。所以，一听茂丁要去"节德哇"，猎人们就忘了春耕春种的疲劳，争先恐后地跑来参加。等到茂丁走出村寨，回头一看，猎人们已经由原来的四五个增加到八九个了。而且，还有五六条猎犬，前呼后拥地奔跑着。这狩猎的队伍，显得好不雄壮、威武！

太阳落山的时候，西天的晚霞，像一片怒放的马樱花，红彤彤的。猎人们不觉来到了卜松选定的猎场的边缘地带。他们要在这儿举行祭祀且卜拉山神的仪式。

　　茂丁在一块开阔地前——几年前的刀耕火种地，现正在丢荒轮歇，没有种什么庄稼，只生长着一些灌木和杂草——让猎人们停了下来。他从挎包里拿出木金娜调和好的那包面团，一人揪给一坨，让他们按照分工，去捏各种野兽的模型。然后，他走到前边几十步远的地方，选择了一棵粗壮的麻栗树。他挥刀劈去树皮之后，用木炭作画笔，在雪白的树干上画了野牛、野猪、老熊、老虎等野兽的图形。

　　等茂丁返回到猎人们的面前，他们都已经用面团分别捏好老虎、豹子、马鹿、麂子、老熊、野猪、羚羊等各种动物的模型了。因为大伙儿都知道茂丁最希望猎到野牛，就把野牛的模型留给茂丁来捏。

　　茂丁看了看猎人们捏出的模型，一个个都那么生动逼真，有的张牙舞爪，有的四蹄奔腾，有的角挺尾扫，仿佛只要给它们插上兽毛，再吹一口气，就都会怒吼起来，蹦跳起来似的。他从挎包里拿出最后一坨面团，很快地，也就捏好一条野牛了。大伙儿看了，也都赞不绝口，说茂丁捏得最像野牛啰。茂丁的心里，当然感到十分高兴。

　　猎人们一齐走到那棵麻栗树前，把那些野兽模型，一一安放在树桠上或枝干上。然后，又退回到射击线上。

　　这时，狩猎前的祭祀且卜拉山神的仪式就算正式开始了。茂丁是氏族长，又是这次"节德哇"的主办人，当然由他主祭。猎人们一字排开，茂丁站在队前。在他那浑厚的低音领唱下，猎人们唱起了古老的《狩猎祈祷歌》：

　　　　啊！仁慈的且卜拉山神，

我们是攀山打猎的独龙人，

请听我们虔诚的祈祷吧！

我们献上面粉塑的各种野兽，

表达我们对山神的尊敬，

请笑着把它们收下！

面熊换老熊，

面虎换老虎；

面豹子换豹子，

面野牛换野牛……

这是两相情愿的事呀，

但愿山神不会因为失去野兽而发怒！

……

　　这支歌是独龙人祖祖辈辈流传下来的。如今，年老的猎人还相信，唱得很是虔诚。可是，对年轻的猎人来说，他们只不过觉得是一种很有意思的风情罢了。他们并不认为会有什么"且卜拉山神"能放出野兽来与猎人做这种可笑的交换，他们相信的只是自己的狩猎本领。所以，当祈祷歌唱完，他们对下一个仪式，就更加感兴趣了。

　　年轻的猎人们很快就从箭包里抽出了弓箭，把弓弩端平，做好了射击的准备。但出于尊敬和礼貌，他们并没有抢先显示自己的本领。猎手们都不约而同地期待着氏族长茂丁射出第一箭。

　　这默默无言的期待，正符合茂丁的身份和他美好的心愿。说真的，茂丁也知道，站在他身后的这些猎人中间，百发百中的弓弩手大有人在。他们没有提出齐射——这种射法，将很难分清究竟是谁射中目标——这自然是要把作为氏族长的他推到前边先射，既是谦让，也是对首领射弩的一种考验吧。

想到这里，茂丁觉得自己千万不能掉以轻心。如果这一箭落了空，不但求不到这次狩猎的好运气，还将有损于今后的威望。于是，茂丁轻轻地从熊皮箭包里抽出一支不带毒的弩箭，然后，用力把弓弦拉到卡子上。

猎手们都注视着茂丁这沉着、利索的抽箭和弯弓的动作。茂丁在这两个慢动作之后，深深吸了一口气，以快速的举动，把弓弩端平，搭上弓箭。就在他屏住喘息，闭上左眼，用右眼瞄准了前方麻栗树干上画着的那个野牛图形的刹那间，"嘣"的一声，弩箭已经飞了出去……

"当！"茂丁的箭，正正地射中了野牛！

"哦嘀嘀……"猎手们欢呼起来，为氏族长不减当年的射箭本领而感到由衷的高兴。

紧接着，一支支弩箭从左到右，先后射了出去。不知是由于猎手们的心齐，或是像卜松想的那样，是由于且卜拉山神的安排，所有的弩箭都射中了野牛。

茂丁激动之余，解下了系在腰间的那个紫红色的葫芦，拔去软木塞，一股酒香立即喷了出来。他自己没有先喝，却挨个儿拍着猎手们的肩头，给每人喝了一口酒。最后，他才一仰脖，也喝了一口酒……

这时，夕阳完全沉落在担当力卡雪山的背后，暮色苍茫中，圆圆的月亮已经升上高黎贡山的峰顶。猎人们在卜松的带领下，披着从森林中漏下来的斑斑驳驳的月光，向野牛出没的虎爪箐进发，开始了真正的狩猎。

十三、提亲

　　猎人们从山林里归来了！昨晚上后半夜，他们在虎爪箐成功地进行了一次狩猎。此时，一望见寨子，卜松就举起牛角号，呜呜地吹着。

　　在早晨的阳光下，茂顶寨一幢幢千脚竹楼的茅草顶上，袅袅地升腾着蓝色的炊烟，显得恬静而安详。可是，一听到这号角的声响，老人们、妇女们和儿童们，就都从火塘边跑到了楼房外的阳台上。昨夜，有许多人都未曾合眼。她们的儿子，或是她们的男人，去深山狩猎，她们总是提着惦念的心。首先是担心猎人们会不会受到猛兽的伤害，其次是挂记着猎人们能不能如愿以偿。这嘹亮而激越的号角，霎时间，把人们心上的一切阴云或冰雪全都驱散了，消融了。

　　按照独龙人的规矩，只要猎到大型的野兽，氏族里的男女老少，任何人都可分到一份。这号角声在向寨子里的亲人们报告喜讯的同时，也就意味着通知他们准备去分兽肉了。

猎人们的胜利品，正如他们在预习射箭时所希望的那样，果然是一头野牛。为了显示猎人们的威风和本领，想让家里的人们看看一头完整的野牛究竟有多么大，他们没有在猎获地点对野牛进行肢解，而只是把中了毒箭的部位，当即用刀子挖去了很大的块肉，以防止毒素的扩散。这时，猎人们用几条杠抬着野牛，哼唷哼唷地喊着号子，整齐着步伐，快速地走进了茂丁家的院子里。

野牛一放下，人们就围上来了。卜松一抬脚，跨到野牛身上站起，又把牛角号逗在嘴上呜呜地吹了一阵之后，看看人到得差不多了，就大声地宣布道：

"大家听好啰！第一箭射中这头野牛的，是我们的英雄——茂丁……"

卜松的话刚落，人们就欢呼起来，向茂丁表示热烈祝贺！茂丁一手举起弩，一手举起箭，在头上摇动着，回答人们的喝彩。

"现在，按规矩，把牛头和一条后腿先分给第一个射中野牛的茂丁……"

不一会儿，猎人们就砍下了牛头和一条后腿，送到茂丁跟前。接着，就开始肢解野牛，按人头把牛肉割成一串串的，平均分配给每一个在场的人。没有来的，就分不着了。

茂丁扛起牛头，木金娜拎着牛腿，踏上独木梯，来到了阳台上。人们又向氏族长发出了欢呼。

为了招待将要到来提亲的客人，木金娜把牛腿拎进屋里，做饭菜去了。而茂丁则把野牛头安放在房檐下的走廊上，以此向提亲的客人作一番炫耀。

这是一条竹篱笆走廊，已经安放着许多个牛头骨和麂子、马鹿、老熊、豹子、老虎的头骨了。这些野兽头骨都是茂丁几十年狩猎得来的胜利品，它们被放在门口显眼的地方，这是表明主人家的英勇和光荣，当然，也是财富的一种象征。谁家的牛头骨和野兽头骨摆得越多，谁家的威望和地位就越大。茂丁用右手指点着，一个头骨一个头骨地数了下来，数到这个刚刚猎获的野牛头，他已经说不出数字了。独龙人除了木刻、结绳记数外，数量多的，说不出来，就用苞谷粒来记数。比如，盖房子要砍多少根椽子，他们说不清，就数着别家房上的椽子，数一根就丢一颗苞谷粒进竹筒里，去到山林里的时候，他们就用竹筒里的苞谷粒来点数椽子数。这样，就不会砍少了。

这时，茂丁数不出他家究竟摆了多少牛头骨和野兽骨，就只好微笑着说道："哦，多多的啰……"

正当茂丁得意扬扬的时候，卜松走到独木梯下，向他喊道："茂丁大哥，提亲的客人来啦！"

茂丁转过身来，可不，提亲的人果然如期而来。鲁腊顶走在前，牵拉着一条黄牛，阿妮走在后，身上背着一个背箩，还赶着一头猪。他俩慢慢地走进了院子。茂丁赶忙叫木金娜出来，一起站在阳台上表示迎接。

就鲁腊顶的身份，他是姜木雷的氏族长，也比较富有，年龄也要大茂丁几岁，本该视为平起平坐的贵客。可是，自从去年鲁腊顶讨了阿妮去作婆娘以后，他的身份就降为茂丁的女婿了。因此，茂丁和木金娜就没有必要下到院子里去，站在阳台迎接也就够礼貌的了。但是，此时让茂丁的心里感到疑惑的是，鲁腊顶今天来说亲，是想要讨阿婻去作小老婆，还是要为他早先死去的那个妻子留下的大儿子说媳妇呢？

直到现在，由于社会发展的落后，独龙族仍处于原始的家族公社解体期。因此在婚姻上，仍有几种婚姻形态并存。一种是氏族外婚，即每一个氏族，都有较固定的婚姻集团。比如，茂丁氏族的女子，就固定嫁给姜木雷氏族的男子；而茂丁氏族的男子，就不能再从姜木雷氏族娶来女子，而只能去别的氏族讨婆娘。一种是妻姊妹婚，独龙族话称为"安尼婳"。比如，按传统习惯，鲁腊顶讨了茂丁的大女儿阿妮为妻，阿妮的妹妹（不论有几个妹妹）都可以在成年之后，同时或先后嫁给鲁腊顶或鲁腊顶的兄弟为妻。还有一种是非等辈婚，即鲁腊顶的儿子可以娶鲁腊顶妻子的妹妹为妻。此外，还有对偶婚、转房制等婚姻形态。这些落后的婚姻习俗，在解放后，已经受到鄙视和冲击，但一时还很难得到彻底的改变。青年人追求真正的爱情和进步的婚姻，正在随着社会的经济、政治、文化的发展，而成为一种不可抗拒的历史潮流。

现在，鲁腊顶和阿妮被迎进屋里，坐在火塘边了。经过一阵寒暄之后，首先是阿妮从背箩里拿出两筒水酒。接着，鲁腊顶又从背箩里取出一把长刀。水酒和长刀，是独龙人说亲时必备的两件彩礼。

"可是，鲁腊顶为什么还牵来一头黄牛和赶来一头猪呢？"茂丁看了看鲁腊顶额头上的一道道皱纹，心想："这牛和猪，本是订婚才用的彩礼。嗯，鲁腊顶这家伙，是想说亲和订婚两步连着走，以便省事省时间，还是想用牛和猪来夸耀他的富有，并引诱我茂丁动心，淌口水呢？"

为了表明自己也并不那么寒酸，茂丁等客人坐下后，又走到门外去，把搁在房檐走廊上的野牛头，扛了进来，故意放在火塘上烧烤。本来，刚才在门口，鲁腊顶已经仔细地看过了野牛头，并对茂丁的狩猎本领作过充分的赞扬了。但现在，野牛头就在他眼前的火塘上发出嗞嗞的响声和皮毛烧焦的气味，他又连说了几句表示十分佩服的话语。然后，才转到正题上来。他特意用独龙人求亲的古歌来开头：

"太阳还要找月亮成双，怒江还要找独龙江成对，高黎贡山还要找担当力卡雪山做伴，你家阿嫱美得像一朵花，总不能让她孤孤单单。"

茂丁看了阿妮一眼，见她微笑着，心想：鲁腊顶大概不是为自己说亲吧。但他不露声色，茂丁也就故意绕山绕水地用古歌来作回答：

"凤凰配凤凰，孔雀配孔雀；公的不先向母的歌唱，母的不会抖动翅膀。阿嫱长是长大啦，嫁是该嫁啦，求亲的人不来，总不能把她送到人家的门槛上。"

"春花开啦，蜜蜂就会飞来采蜜；春草绿啦，马鹿就会走来吃草。"鲁腊顶把水酒和长刀摆在茂丁的脚前，又说道："鱼儿喜欢的是鲜鲜活活的水潭，独龙人喜欢的是红红旺旺的火塘，我和阿妮喜欢的是阿嫱姑娘，想说她给我们的儿子阿旅戛做婆娘……"

这耍滑头的鲁腊顶啊，像画眉鸟唱了好几种调子，才露出本腔。既然是为阿旅戛说亲，那小伙子倒是个好猎手，茂丁刚才还提着的一颗心，此时总算落到实处了。他担心的是鲁腊顶想讨阿嫱去做小老婆。虽然，从独龙人祖祖辈辈的老规矩上讲，这也没有什么不合的。但解放后，一个男人讨几个婆娘的事，不但越来越少，还要遭到人们的耻笑。茂丁大小总是个生产队长，还是不能违犯国家的规定。如果茂丁答应了不该答应的事，他怎么有脸见杨连长他们呢？此时，这个顾虑虽然打消了，但茂丁也不愿马上就表示同意这门亲事，太急迫了，人家也会看不起自己。于是，慢悠悠地问道：

"我家阿嫲会织独龙毯，你家阿旅戛可打过野牛？"

这时，木金娜把野牛头翻过来火烤，那股皮毛的焦煳味，呛得鲁腊顶直咳嗽。咳了几声之后，他才回答道：

"阿嘿嘿，在我们姜木雷，哪个不晓得？我家门口摆着的那两架野牛头骨，就是阿旅戛打猎的纪念。"

"我家阿嫲会采集香菌、木耳、百合根，你家阿旅戛可下河抓得着鱼？"

"哎啰啰，汇集鱼的那些江口子、河溜子，阿旅戛哪个没有摸过来？我们家的鱼，就像养在独龙江里的一样，哪阵想吃哪阵去拿……"

鲁腊顶的回答，把茂丁说得心里像开了花。只是木金娜还不完全相信，就向阿妮挤了挤眼睛，意思是问女儿这可是真的？

阿妮微笑着点了点头。这一来，更促使茂丁想下决心答应这门亲事。茂丁的一切表情，都没有逃过鲁腊顶老练而敏锐的眼睛。他连忙从挎包里掏出四只竹筒做的酒杯，两只一排地摆在火塘边，然后就端起他带来的一竹筒水酒，把四只竹杯子一一斟满了酒，向茂丁和木金娜眨巴着眼睛。

按照独龙人求婚的规矩，如果女方父母同意这门亲事，那么男女双方的父母便共饮水酒，就表示婚事已定。

但这么一来，茂丁变得很是沉着，似乎还有几分傲气，想摆点架子。他心里虽然已经同意，却不愿主动去端起酒杯。还是鲁腊顶能猜透茂丁的心思，为了满足对方在礼仪上的要求——虽然鲁腊顶很快就可以与茂丁平起平坐地互称亲家了，但阿嫡未过门之前，茂丁总还是老岳父吧。看在阿妮的面子上，对长辈多尊敬一点，也不失自己的身份。于是，鲁腊顶用双手捧起竹酒杯，一一给茂丁和木金娜献上。

看到茂丁和木金娜乐呵呵地端着竹酒杯，鲁腊顶和阿妮也连忙端起了竹酒杯！

"好！我阿旅戛和你家阿嫡的亲事，就算说定了！来，干杯！"

于是，两个男人的喉头上下扯动着，发出了咕噜噜、咕噜噜的喝酒声。木金娜和阿妮则是轻轻地饮酒，发出嗞嗞的响声……

饮酒毕，鲁腊顶又用双手捧着长刀，给茂丁献上。茂丁接过长刀，脱去刀鞘，用手指在刀上弹了几下，长刀发出当当的响声。这说明长刀的钢火很好，才满意地把长刀插入了刀鞘。

看着茂丁的神情，鲁腊顶感到是进一步提出新要求的时候了。

"我们从姜木雷来这里，山高水长，路又远，又难走。这些都不说啰！主要是，我们急着想把阿嫡快些讨过去，免得再耽搁时间。所以，今天我们牵来一头牛、一条猪，就想把订婚的事也跟着一起办了。希望求得你们的慈爱和宽容，就收下这两件微薄的彩礼吧！"

"这……"茂丁故意显得为难的样子。

"求婚和订婚两步并作一步走，这也是我们独龙人从老辈子传下来的规矩呀！"鲁腊顶说着，又往四只杯里斟满了水酒。"这样办，还说明我们两家友好、亲密，就像两只手长在一个人的身上一样。恳请你们答应吧，免得我们害害羞羞地又把牛和猪再赶回去！"

鲁腊顶年轻时，是个远近闻名的歌手。现在，不但是氏族长，还兼着姜木雷的纳木萨，历来能说会道。人们说，他能把树上的鸟儿都哄得进鸟笼。茂丁经他这么一说，也就顺水推舟地表示答应了。

于是，四只竹杯里的水酒，又被他们一饮而尽。

"我打卦算好了日期，到下一回月亮又圆的时候，是阿旅戛和阿嫡结婚的好日子。"鲁腊顶说着，从挎包里掏出两支长木刻，上面刻好了一道道相等的空格。"等到木刻的空格削完了，就请你们送阿嫡来姜木雷办喜事。那时，我们还要杀牛、杀猪，水酒嘛，几大桶、几大桶地做得好好的啰！"

茂丁接过木刻，把另一支木刻又还给了鲁腊顶。这就表示两家愿意共同遵守木刻刻定的日期，到时候就办婚事。

"就怕阿嫡的独龙毯织不赢，针线箩、小箩盒编不够，珠链、手镯、耳环买不来……"木金娜从茂丁手里接过木刻，看了看。

"不怕，样样加紧办吧！"茂丁反而当着客人的面，宽起婆娘的心来了。

"最后，得提醒一下。"鲁腊顶看到一切婚事都已商妥，便直起腰来说道，"听说阿嫡还没有文面。按老辈子传下来的规矩，不文面，办不成婚事……"

"这，你放心。"茂丁拍了拍胸脯，"阿嫡从她大伯家回来，就给她文面……"

茂丁的话音未落，只见一个独龙姑娘跨进门来。阿妮一见来人，就急忙从火塘边站了起来，跑上前去，伸开双臂把来人紧紧地拥抱在怀里。

"啊！阿婻，正说你，你就回来了！"

"阿姐，阿姐……"阿婻顿时涌出了眼泪，把手臂抱得更紧了，"我想你呀，阿姐，我们姐妹一年没见面了……"

"好啰，阿婻，今后你和阿妮，可以天天在一起啰！"鲁腊顶笑着说道。

"怎么？阿姐，你们搬下来茂顶寨了吗？"阿婻松开手臂，惊喜地问道。

"不。"茂丁望着阿婻说，"是你要嫁到他家去，给阿旅戛做婆娘。"

"啊？"阿婻像突然遭到雪崩打击一样，顿时感到头要炸裂了，她举起两个拳头，大声吼道，"不，不……"

十四、出走

　　经过几个晚上的劝说，阿媊还是不同意嫁给阿旅戛，也不同意文面。弄得茂丁口干舌燥，把老祖辈上传下来的话都说完说尽了，阿媊仍不回心转意。有时，茂丁反而被阿媊驳得哑口无言。是啊，如今世道变了，独龙人的老规矩也不那么灵了，父母说的话女儿也不那么听了。阿媊还在县上一个什么卖东西的公司里工作好长时间，见过大世面，懂得的新鲜事多多的啰！一讲起那些事，几个背箩都装不下。而茂丁自己呢？从没有出过独龙江，除了祖祖辈辈传下来的老道理，别的那些什么"解放理""新社会理"，他很少听说过。阿媊呢，这样那样的理，样样都讲得出来，胆子也变得大啰，腰杆也变得硬啰！

　　"哪个会兴两姊妹嫁给两父子？"阿媊问。

　　"可阿旅戛不是你阿姐生的儿子嘛！"

　　"总不好听嘛。对阿妮，是叫阿姐，还是叫婆婆？雪山那边，没有哪个民族仿这种样子，硬是要害羞死啰！"

"可文面总是独龙人的规矩吧？"茂丁想先绕过嫁不嫁阿旅夏的这道关口。

"文面也是落后的习俗。"阿婻仰起她那天生美丽的容颜，"雪山那边，没有哪个民族的姑娘会文面。文了面，扎实难看死啰！白丽就是被文面逼得走投无路，丢下干部不当，硬要回独龙江，才死在雪山上的……"

"你，你……破坏了独龙人的规矩，我当氏族长的，哪还有脸见人！"茂丁越说越生气，甚至踩起脚来，把竹笆楼震得嘎嘎响。

"阿爸，文了面，你有脸见人，我可更没有脸见人啰！"阿婻见茂丁气鼓鼓的，便把语气放缓和些，"再说，独龙人的老规矩，不好的，就不能改变一下？你和卜松大爹不是也讲过，古时候的独龙姑娘，也没有文面呀！只是后来，由于藏族土司、傈僳族奴隶主来抢独龙姑娘去糟蹋，为了把独龙姑娘弄得丑丑的，让他们看不上，才开始文面的呀！今天，那些抢独龙姑娘的坏人早垮台啦。我们独龙姑娘还怕哪样？干吗还要像旧社会那样，毁坏自己一张天生的好脸呢？文面的规矩从没有到有，今天用不着啦，把它废除掉，又有哪样不好？"

"这……"茂丁一时找不到话来反驳阿婻，便恼羞成怒地吼了起来，"三百里独龙江，你见过哪个大姑娘没有文面，嗯？"

"没有？那我就当第一个！"

"你，不怕阿祖阿公的灵魂怪罪吗？"

"阿祖阿公活到今天，说不定还要夸奖我阿婻呢……"

父女俩正吵得难解难分的时候，卜松走进来了，刚才他在隔壁把两边的话都听得清清楚楚的。他感到，老一辈的独龙人，只会讲老一辈的礼；要讲新礼，再怎么也讲不过像阿娟这样到过县城，见多识广的新一辈独龙人。再争吵下去，不但不会有什么好结果，还会伤了茂丁的面子。于是，他只好进来劝解。

"茂丁大哥，不消急，不消气。"卜松说着，坐到了茂丁的身边，"阿娟，你再想想你阿爸的话，你阿爸总是为你好嘛！"

经卜松这么一劝，阿娟突然感到一阵心酸，几丈高的火气，不知跑到哪里去了，反而用双手蒙住脸，呜呜地哭了起来。她想到阿妮被文面时的痛苦情景和文面后的摔烂镜子的举动，又想到白丽的死，不禁越哭越伤心了。

在阿娟的哭声中，卜松把嘴巴凑在茂丁的耳朵上，悄悄地说了几句话。茂丁听了，连连点头……

茂丁顿时展开了愁容，连连点头，表示同意。晚上，在枕头边，茂丁又把卜松下午给他出的主意，向木金娜说了一遍。木金娜虽说叹了口气，便也总算作了表示：没有办法，也只好采取这个办法了。

因为阿娟不答应嫁给阿旅夏，所以，鲁腊顶送来的那头牛和那条猪，阿娟管也不管。木金娜只好一个人出去找猪食，割牛草。阿娟独自去寨子边的竹林里砍竹笋。只有茂丁一个人在家里，把卜松替他出的主意又苦苦地思索了好一会儿。这时，茂丁终于咬咬牙，下定决心了。

他想：还是卜松说的有道理。阿娟不愿文面是因为她的心爱上了那个藏族赶马人；阿娟不愿嫁给阿旅夏，也同样是因为她的心上爱着那个藏族赶马人。现在看来，若要阿娟不爱那个藏族赶马人，就是用九条黄牛也拉不转她的心。茂丁深知阿娟的脾气犟得很，不像阿妮那样听话。不如来一个迂回的战法，让藏族赶马人不爱阿婻，阿婻一颗火热的心就会冷却下来。而要让藏族赶马人不爱阿婻，最有效的，也是唯一的办法，就是赶紧给阿婻文面。阿婻变丑了，藏族小伙子嘛，一不会把文面女讨去丙中洛让人笑话，二不会到独龙江来与阿婻过一辈子。到那时，阿婻就不会不嫁给阿旅戛啰……

茂丁想到这儿，感到有一种鼓舞，刚才还残存在心上的一点点不安，也随之消散了。

茂丁走到竹篾笆墙壁前，从挂在柱子上的那个专供打猎用的挎包里，掏出一个细竹筒，筒里装着一种"鹿咬树"的树皮磨制成的药粉。这种药粉具有麻醉止痛作用。茂丁进山林打猎，随时都带在身上，若是受了伤，就把药粉敷在创口上，或是吞服一点，很快就能麻醉、止痛。

说起这种麻醉药，还有一段故事呢。茂丁年轻的时候，有一次在仙猴洞附近打猎。他用弩箭射中一头马鹿，但马鹿却逃跑了。他紧追不舍，翻越两座大山之后，才在一条绿茵茵的箐沟里追上那头马鹿，他隐身前进。走近了，才看见马鹿在用嘴啃咬一棵树。

"奇怪。马鹿是吃草的，怎么也吃起树皮来啦？"茂丁出于一种好奇心，便停止前进，躲在灌木丛中观察着。

马鹿啃咬树皮之后，就用受了箭伤的脖子，去树皮上擦了又擦……

"哦，这是在医治它的伤口呀！"茂丁一时动了感情，便决定不再射杀这头马鹿了。

等这头马鹿走后，茂丁来到树前，只见树皮上沾染着一层血迹。他用刀削了一块树皮下来，用舌头舐了舐。觉得有点苦凉苦凉的味道。他抬头看了看，树上还开着细碎的金黄色的花朵。他说不出树的名字，就把它叫作"鹿咬树"。可就在这时，他感到一阵昏迷，便歪歪倒倒地坐在树下，睡着了……

从此，茂丁就把"鹿咬树"的树皮制成了药粉。

现在，茂丁拿着药筒，由当年自己的昏迷想到阿婻也将要被迷醉而出现歪歪倒倒的样子，便忍不住笑出声来。他倾起药筒，在一只空竹杯里倒了一点点药粉。然后把药筒装进了挎包，接着，他又用木勺挖了一坨蜂蜜，放进茶罐里。然后，才往那只有药的竹杯里，倒满了蜂蜜茶。

茂丁知道阿婻不喝热茶，就把那杯茶水凉着……

不一会儿，阿婻背了一背篓竹笋回来了。她感到又热又渴，放下背篓后，就想喝水。茂丁看见阿婻不住地用手抹去脸上的汗水，便说道："阿婻，那是我给你凉着的蜂蜜茶，喝吧！"

阿婻看了茂丁一眼，想起昨天为文面的事与阿爸发生的那场争吵，心上还感到有些别扭。但一想到阿爸知道她爱喝凉茶，又特意给她凉好了，不喝，怕又让老人生气，便端起竹杯，一口气把茶水喝完了。

"阿爸，你还放了蜂蜜？"阿婻的心仿佛也甜了起来。

"嗯。"茂丁也拎起茶罐，往自己的竹杯里倒了一杯热气腾腾的蜂蜜茶，"你累了，坐下来歇歇吧。"

阿婻以为阿爸要给她讲什么话，便在火塘边的草席上坐了下来。

"阿婻，阿爸就希望你听阿爸的最后一次话吧。以后，阿爸样样都依着你。好吗？"不等阿嫲回答，茂丁紧接着说，"答应文面吧！啊？"

阿嫲想说什么，但却说不出话来，似乎觉得很是疲倦，眼皮沉重，迷迷糊糊地往旁边一倒，便昏睡过去了。

一看阿嫲被迷醉过去，茂丁就赶忙准备文面工具。先用水和锅烟调好描绘纹型的墨汁；又用蓝靛草和锅烟灰制成染纹的黯墨，接着又削了几根竹针，在火灰里把针尖泡硬……

一切都准备就绪了，可木金娜还没有回来。唉，怎么搞的嘛，昨晚上就商量好了的事，今天用迷醉药把阿嫲迷睡过去后，就由木金娜给阿嫲文面。可这婆娘去找猪食和割牛草，莫非把魂丢在外边了？

茂丁急不过，便走到屋外的阳台上眺望。可是，望了江边，又瞧箐口，还是不见木金娜的影子。

"哎，木金娜再不回来，等会儿阿嫲醒了，下一回呀，再甜的蜂蜜茶，她都不会喝啰！"想到这儿，茂丁只好蹬蹬蹬地下了独木梯，走出院子，向村外跑去。

茂丁又喊又叫的，总算在村外的箐沟里找到了木金娜。木金娜正在砍野芭蕉树干呢。茂丁满头大汗地跑到跟前，把阿嫲迷睡了的情况说了一遍，一把拽起木金娜就往回走。一路上，茂丁还在埋怨木金娜。

"说好了的事嘛，你怎么搞忘啰？"

"没有忘。只是猪食难找呀！"

"我要会描画好看的花纹，我就早动手啰！婆娘家办事，就是慢腾腾的……"

茂丁和木金娜很快就回到了家里。阿嫲还在睡着呢。木金娜顾不上歇气，连水都没喝一口，就用一根竹签蘸着墨汁在阿嫱的脸上描绘着花纹……

独龙姑娘文面的纹型，每一个大的氏族，都不完全相似。有的氏族是满脸都刺上花纹，有的氏族只刺上下唇或鼻尖，有的氏族则仅仅在颌部刺上黑花。而茂丁氏族则是要满脸都刺花纹的。所以，描起花纹来，比较费时间。

茂丁在一旁催促着。木金娜总算在阿嫱的脸上把花纹描绘好了。接着，该茂丁照着纹型用竹针来刺面了。

"木金娜，这办法还真要得哩！第一，我们做爹妈的，不消费口舌再说什么啦；第二，刺的时候，阿嫱也不会感到疼痛……"

但就在这时，远远地传来一阵紧似一阵的马帮的铓锣声。这铓锣声，使茂丁感到心慌意乱。

"哟，马帮到独龙江啦，说不定那藏族父子两个赶马人，也来了呢。老家伙，还不赶快动手刺呀！"木金娜用双手扶正阿嫱的头，让茂丁好刺针。

可就在这时，不知是由于听到了马帮的铓锣声呢，还是由于迷醉的时间太长，药力已经消失，阿嫱突然醒过来了。睁眼一看，只见阿爸一只手握着竹针，一只手拿着木槌，正要往她脸上刺针呢。

阿嫱气愤极了，一把就夺过了竹针，咔嚓一声，折断成两截，丢在火塘里烧了。

"我不文面！"阿嫱挺身坐了起来，用双手蒙住脸，不停地喊着，"不！不……"

茂丁顿时手脚无措，又急又恼，怒火从心中涌起，便大吼起来："不文面，就忘了你的祖宗，就不是独龙姑娘，也不是我的女儿……"

"阿爸呀，你怎么这样狠心？"阿嬬的声音在颤抖了。

但茂丁并没有软下心来。他伸出双手，猛扑上去，把阿嬬按倒在地铺上，并大声地喊道：

"木金娜，快来，抓住她的双手，压着她的身子，让我来给她刺纹！"

木金娜犹豫了一会儿，但又不敢违抗男人的命令，便照着做了。阿嬬仍在挣扎着，茂丁腾出手来，又拿起一根竹针。可是，拍打针刺的木槌，不知刚才摔到哪儿去了。忙乱之中，他只好拿起竹杯当木槌……

木金娜毕竟是阿妈，瞬间想起阿嬬小时候在她怀里吸奶时的小脸，多么美丽，可爱。现在脸上涂了黥墨，哭成这样，实在也不忍心，手一软，阿嬬便猛地挣脱了木金娜的双手，翻身起来，跑下了竹楼。

当阿嬬哭啼着跑出院子的时候，刚好卜松从山上背柴回来。远远的，他从侧面看见阿嬬的脸上满是花纹，心里不由得感到一阵高兴：唉！总算给她文了面……可是，当卜松走了几步之后，转念一想，阿嬬为什么是哭着向寨子外边跑去呢？要是她一时想不通，出了什么事，就糟糕啰！

卜松把柴背到路边的木栅上一靠，就急忙去追赶阿嬬。但追到寨子外边，到处找不到阿嬬的踪影。卜松抓了抓头，突然想起：刚才在山林里，听到了铓锣声，说明马帮到了独龙江。阿嬬说不定是跑去找她心爱的赶马人顿珠去啦！

"这且不正好吗？那藏族小伙子一看见阿嬬文了面，就不再喜欢阿嫡了……"于是，卜松反而不那么急了。但他还是想去看个明白。因为给阿嫡文面的这个主意，是他替茂丁想出来的。看到自己的妙计将要圆满实现，卜松感到十分得意。

卜松走着想着，不觉已经来到了独龙江边的马场。马哥头把骡马放到江边吃草去了，正忙着安排宿营。卜松看了看，这儿不见阿嫡。他正想转身走开，忽然听到有人喊他。

"喂，卜松。"

卜松回过头来，看见了那晚上在茂丁家吃饭的那个年纪大的藏族赶马人。

"哟，上回才见过，就记不得啦？"藏族赶马人走近了卜松。

"哪能呢。一起碰过杯，喝过酒，忘不了。你是格桑大哥，对吗？"卜松不好意思地又开手指梳了梳头上的长发，"你儿子顿珠呢？顶英俊的藏族小伙子……"

"他阿妈生病，留在家里了。"格桑又仔细地看了看卜松。越看越觉得卜松真像是当年来独龙江上游龙滚寨接应那个独龙姑娘的青年人，"我正要去茂丁家拜访你们呢。"

"你见阿嫡啦？"

"没有哇。我们刚到。"格桑拍了拍驿路上马蹄溅在身上的泥浆，"阿嫡知道我们来了吗？"

"哦……也许不知道。告诉你吧，阿嫡文了面啦。"卜松一见格桑那一身藏装，不知怎么的，突然想起那些抢独龙姑娘的察瓦龙藏族土司兵，想起他死去的妻子兰蓉，一股由历史上积存下来的怨愤，像风吹灰尘一样，从心上旋起。但他眼前的，毕竟不是那些人，而是好人格桑，便又压住心上的火，慢慢地说道，"格桑大哥，你回去劝劝你的儿子，让他还是死了那条心，叫他找一个藏族姑娘，让阿嫲走她自己的生活道路吧。何况，阿嫲已经变丑啦……"

"你……"格桑不知道该说什么，只气得连连跺脚。

还不等格桑再说什么，卜松就急速地走开了。看着卜松渐渐远去的身影，格桑又想起了十多年前的那个雨夜，想起在龙滚寨那个独龙青年为感激他而赠送给他的竹篾盒，还有那盒里装着的红糖、盐巴……

十五、胸怀

丙中洛村子的脚下，有一条小河，河两岸是一片狭长的草原。两侧的山脉，为草原挡住风寒；清清的河水，是草原吸吮不尽的乳汁。草原上，星罗棋布的畜群，那黄色的耕牛，黑色的牦牛，青色的骡子，枣红色的马，还有那活蹦乱跳的小花马和哞哞叫唤的白绵羊，远远地看去，真像一朵朵硕大的野花。

最近，达娃的病已经好了，顿珠每天都来草原上放牧。当骡马一阵撒欢过后，慢慢地向水草丰美的地方走去，顿珠就在绿色的小丘上躺了下来，开始了心猿意马的向往。

顿珠的头上，是碧蓝碧蓝的天空。那辽阔深远的晴空，一会儿是白云驰过，一会儿又飘来彩云。看着那轻盈行进的云朵，他的心，甚至于身子，都仿佛展开了翅膀，在悠悠地飞翔。于是，他唱起了一首欢快的牧歌：

蓝天啊，你可是我的牧场？

云朵啊，你可是我的牛羊？

如果天上没有美丽的姑娘，

我还是愿在我可爱的家乡……

　　唱一阵歌，顿珠又从衣袋里取出一面圆镜。这面镜子，是那天在县城的民族贸易公司，阿婶送给阿妈的。由于顿珠留在家里照顾生病的阿妈，没有与阿爸同去独龙江，顿珠的心里，常常感到郁闷。阿妈为了给顿珠解愁，就把这面镜子送给了他。

　　顿珠到草原上放牧，总是把这面镜子带在身上。一有空闲，就拿出镜子来照。他心想，这镜子是阿婶照过的。阿婶那美丽的容貌一定映留在镜子里。可是，他对着镜子，一睁开眼睛，看到的却是自己的愁容；只有闭上眼睛的时候，他仿佛才看到了阿婶的笑脸。就这样，顿珠觉得，在这面具有魔法般的镜子面前，自己常常会堕入一种似梦非梦的境界中。这种境界，连他也搞不清楚，究竟是使自己得到了安慰，还是增添了忧愁？

　　但是使顿珠逐渐欢欣起来的，还是阿妈的病体已经康复，阿爸也快从独龙江回来了。这将意味着顿珠很快要去独龙江了……

　　想到这儿，顿珠揣起了镜子，向着西行的云朵，默默地说道：

　　"彩云啊，请为我捎句话，带到独龙江，告诉阿婶：顿珠快去独龙江啦！"

　　接着，顿珠又扳起指头来算了算。从日期上讲，阿爸可能就会在这两天回家。想到这儿，看看西沉的太阳已经擦着山尖。

顿珠无心放牧，便起身去吆喝骒马和牛羊，慢慢地离开了牧场。

回家的路上，马儿不停地抖动着鬃毛，不时仰起头来引颈长鸣；牛儿缓缓地摇着尾巴，吊在脖子上的木铎叮叮咚咚地弹奏着牧归曲；只有那宠惯了的小羊羔，虽然吃饱了水草，却仍然去挤在老母羊的怀下，边走边用小嘴去顶母亲的胀鼓的奶包……顿珠走在后边，这些可爱的牲畜的每一个举动，都激发着他内心的激情。他觉得，生活多么美。如果再把阿嫱讨来家里，一起劳动，一起放牧，一起晚归，那人都要变成花丛中的蜜蜂了……

在畜群的轻快的蹄子掀起的淡淡的灰尘中，顿珠看到了自家楼房顶上飘荡着的蓝色炊烟。那炊烟仿佛是阿妈的手，在向牧归的儿子发出召唤了呢。

顿珠加快了脚步，连打了几声响亮的口哨催促带头的马儿快些走。当顿珠几步跑到家门前，突然看见阿妈和阿爸双双站在门前迎接他。

顿珠感到一阵狂喜，急忙上去拥抱了风尘仆仆的阿爸。看样子，阿爸也是刚到。顿珠什么也来不及说，就先问了他想念中的那位姑娘。

"阿爸，见阿嫱了吗？她好吗？"

格桑先是愣了一下，没有用目光正视顿珠那光彩四溢的眼睛。他仿佛有些动作笨拙地脱下了金红色的狐皮帽，嘭嘭地拍打着皮毛上的灰尘。显然，这是在借此机会思考着什么。当他把狐皮帽重新戴在头上，这才长长地舒出一口气。

"孩子，我们马帮头天晚上到，第二天天刚亮就走了。我来不及找阿嫱……"格桑缓了口气，抬起头来，"可我听卜松说，

125

阿姊被文了面了……"

"什么？阿爸，难道这是真的吗？在县上的时候，阿姊亲口给我说过：文面难看死啰！她不文面的呀……"

"可她生活在姑娘们都要文面的独龙江，她有什么办法呢？也许她是被迫的……"

顿珠刚才还仿佛是绿草地上的小马驹，此时却像掉进了怒江激流，被无情的波涛翻卷着，冲击着，弄不清究竟是天在下还是在上了。只见他噌地跳上那匹枣骝马，用手一拍马脖子，用双腿一夹马肚子，枣红马像一团烈火驮着他飞向了暮色苍茫的远方……

"唉，老头子呀，你不会等等再说嘛！"达娃用手搭在额头上，焦急地眺望远方，眨眼间，枣红马已经看不见了。"儿子天天在想阿姊姑娘，可你带来的消息，却像一支弩箭，射到了他的心窝上……"

"老婆子，我这样做，是在路上想了很久很久，才决定的。"

"你是怎么想的呢？"

"我是想考验考验儿子，看他是不是真爱阿姊。"

"难道还会有假？顿珠是真心实意地爱阿姊的。"

"老婆子，年轻人不像我和你。想当初，我从察瓦龙来这儿，穷得只有两只手，你也不嫌弃我。后来，我去支援解放军打仗平叛，一去西藏好多年，你一丝一毫不变心……"格桑深情地看了达娃一眼，发现她的脸色比病前真是好多了。"我想好啦，如果顿珠一听阿姊文了面，他就变了心，那趁早，别去打扰人家独龙姑娘……"

"要是顿珠仍然爱阿姊呢？"

"那，我自有好办法。"

"什么好办法？"

"哎，我说你呀，儿子的爱情，真是比老子的肚子还重要啦！"格桑说到这儿，笑了起来，又拍了拍肚子，"我的嘴倒是不饿，可肚子空空的，叫唤了好半天啦！先给喝碗酥油茶，吃碗糌粑面，要不然连嘴也说不成话啦！"

"哦，你气跑了儿子，还要吃东西？你不说出好办法，我放不下心……"

"这办法，是要看儿子说的什么话，我才好定呀！"

达娃想想，也有道理，便同格桑一起上了楼。格桑刚在火塘边坐下，达娃就给他端来了一碗酸奶，打了一罐酥油茶，接着又拎来了用麂皮袋装着的香喷喷的糌粑面……

晚霞失去了绚丽的光彩，天边渐渐黑暗。从草原上吹来一阵阵凉风，带来了隐隐约约的马蹄声，想必是顿珠仍在夜幕下驰骋。这马蹄声虽然微弱，却像是沉重的雷鸣敲打着达娃的心房。她什么也没有吃，在等待着儿子。格桑因为是从独龙江返回贡山县城，又从县城来到丙中洛，连走了几天路，真的是饿伤了。他不停地喝着，吃着。但心上仍然是异常不平静。在独龙江边的马场，卜松告诉他阿嬬已经文面，使他受到很大的震动。刚才，他把阿嬬文面的事告诉儿子，儿子不是骑上马就跑了吗？看得出来，顿珠的心是感到极度的痛苦。他能受得了这个打击吗？他心爱的姑娘已被文面毁容，他仍会爱她吗？顿珠这孩子，历来是诚实和正直的。在他知道阿嬬被文面之后，让他在矛盾中、苦恼中熬煎熬煎，是很有必要的。那样，不论他作出什么决定，今后就不会再犹豫和动摇了。

达娃和格桑在火塘边就这样默默地坐着。直到那遥远的马蹄声越来越近,停止在门前了,他俩的心情才又惶恐起来。

咚咚咚……顿珠沉重的脚步,踏着长梯,踏着楼板,来到了火塘边。

格桑抬起头来看了看儿子。顿珠的身上,沾着碎草叶,野花瓣,还有一片片泥迹。

"阿爸,我爱的是阿婶的心,不是她的脸,我要去独龙江,把她讨回家来……"

"可丙中洛除了她,没有一个文面女,她不怕人家耻笑她吗?她离开了独龙江,离开了家乡,在这儿能使她生活得愉快吗?"

"我想过,如果她不愿来丙中洛,我就去独龙江……"

"什么?顿珠,你说什么?"达娃仿佛是突然遇到了狂风暴雨,"你为了爱情,就可以抛开我和你阿爸养育你的恩情吗?你小的时候,你阿爸手脚趴在地上给你当马骑,饿着肚皮搞'大跃进'那年,我偷偷吞野菜,省下粮食给你吃;寒冬腊月上山挖地,我用胸怀为你挡风雪……你忘不了爱情,你好,你崇高,可你忘了阿爸、阿妈,你的良心就不受责备吗……"

顿珠再也忍不住,扑通一声跪倒在达娃的面前。他拉住达娃的双手,流着眼泪说道:

"阿妈,难道儿子追求爱情,就一定会同报答父母的养育之恩相矛盾吗?阿妈呀,请听我把话说完,我是这样想:我去独龙江,与阿婶结了婚,再把阿妈和阿爸接去,我们与独龙人亲密团结,好好在独龙江过日子……"

"孩子,这只是你一方的想法。"格桑为了缓和一下气氛,有意把话题扯开一些，"就算你爱阿婻，阿婻也爱你。但要是阿婻的父母不答应你们结婚，你们又怎么能在独龙江共同生活呢？还有，你阿妈和我，舍不得丢了丙中洛这个窝，又怎么办呢？"

格桑的几个问题，把顿珠问得不知该怎么回答了。

"孩子，你冷静些，孩子阿妈你冷静些，我也冷静些，让我们再好好想一想，想一个比较好的办法。一不损害你和阿婻的爱情，二不辜负你阿妈养育你的恩情，三不影响我们藏族和独龙族的团结。如果这三方面实在不能成全，一定要有人作点什么牺牲的话，那，我和你阿妈，应当首先承担这个责任……"格桑说到这儿，眼睛有些湿润了，"你阿妈和我，都老了，未来的生活，对于你和阿婻，比对我们老人更重要，因为属于你们的日子会更长，更好……"

达娃和顿珠听了格桑一席话，不禁同时哭出了声音。

"孩子，骡马要喂料，牛羊要挤奶，你去厩里干活去吧。我和你阿妈，再想想……"

格桑看着顿珠走下楼梯以后，就牵着达娃进了卧室。他点亮了酥油灯，灯影在夜风中轻轻晃动。格桑抚摸着达娃粗糙的手，缓慢地说："达娃，我心里也难过呀！可我也知道，不能只想到你和我，还要替顿珠和阿婻想一想，替顿珠死去了的亲生阿妈和那个有可能还活着的顿珠的亲生阿爸想一想……"

达娃叹了口气。楼下牛厩里，传来顿珠挤奶的嗞嗞声。一股淡淡的奶香，飘溢在空气里，让人想起母亲怀抱里的温馨。不时还有几声小牛犊的啼鸣，仿佛在哀求母牛给它吃奶。

"这次我从独龙江回来的时候，到了顿珠生母的墓前。面对那坟墓上的青草，我真不知道该怎样对墓里的独龙女人说。还有，那个卜松，越想越像是顿珠的亲阿爸……"

从独龙江回来的路上，格桑常常想起那个独龙母亲临死前的那充满了信任、恳求、企盼的目光，总觉得自己有负于她。并不是自己待顿珠不好，而是把一个独龙孩子变成了藏族小伙，难免会有歉疚。当初，如果自己找过顿珠的父亲，确实找不到了；或者顿珠父亲死去了，那自己对死者及其遗孤，也许就问心无愧了。问题是，生活这么长久，直到现在才提出了疑难问题。也许，从内心深处讲，自己就希望卜松不是顿珠的生父？或者自己但愿顿珠知道阿婶文面后就不再爱那个独龙姑娘？这到底是什么思想感情在作怪呢？不就是担心自己会失去顿珠么？这与当年收养顿珠的初衷是否一致呢？

说真的，顿珠听说阿婶被文面，仍不改变对她的爱，这使格桑的心深深地震动了。作为一个藏族小伙子，能爱独龙文面女，这得要冲破世俗的审美观的束缚，这是多么痛苦而又是多么幸福的选择啊！如果自己能成全这对青年人的爱情，能找到顿珠的独龙父亲，那死在九泉之下顿珠的母亲也会感到欣慰了。那时，自己也许就不会觉得是失去了什么，而是得到了对灵魂的一种新的安慰和对往日负疚的一种报答，那就会无愧于生者和死者了。

"达娃，让命运来安排生活；让生活来选择顿珠吧……"格桑想到这里，发出了笼统的感慨。

"你说得具体些，该怎么办呢？"达娃此时的心情虽然平静多了，但眼里仍饱含着泪水。

"唯一的办法，就是找到顿珠的父亲，让顿珠明白，他本来是独龙人的儿子。这样，我们心上的两个沉重的负担，就可以完全解除了。"格桑深深地吸了一口气，"原先，我还担心卜松就是顿珠的父亲，现在，我倒希望卜松就是顿珠真正的父亲呢。"

"那，我们就要失去儿子了……"达娃忍不住又流下了眼泪。

"不，我们没有失去儿子。我们只是对藏族和独龙族群众的团结，做了点有益的事情。我们得到的却会是很多很多：一种问心无愧的宁静，一种对化解苦难尽了责任的慰藉……就像当年，我从察瓦龙土司的魔爪下放走了那个独龙族姑娘，我何曾想到要她今后对我作什么报答吗？又像后来，我把一位独龙族母亲临死前托付的孩子抱在怀里的时候，又何曾想到要谁日后对我作什么报答呢？"

丙中洛山村的夜，很静。从窗口望出去，蓝天很低，星星又大又亮；楼下厩房里，传来老牛反刍时哞哞的咀嚼声。格桑坐在窗前的酥油灯旁，星光投射在他头上，天空和大地挨得很近。此时，格桑像泉水喷涌一样，说出了自己的心里话，情感很是激动。他的呼吸使酥油灯的光焰不停地飘舞；他的胸怀显得很亮很宽，像碧罗雪山下的怒江……达娃充满深情地看了格桑一眼：嗯，这老头子赶马帮往西藏往县上和独龙江跑了那么多年，还真学了好多新道理呢，你说不赢他，心上还服他哩……

十六、巢居

　　太阳像一个大火球，从东边的高黎贡山顶上，慢慢地跨过独龙江峡谷的上空，把光和热慷慨地赠给了独龙人和他们赖以生存的森林、田野、庄稼、河流、房屋……此时，太阳像一个光焰红旺的火塘，燃烧在西边的担当力卡雪山顶上。从东山到西山，太阳将要走完一天的路程，要到雪山背后的他的家去休息了。不然，明天他没有力气再攀登高黎贡山呢！

　　可是，阿婻却不能回家——尽管她看得见她从小出世后生长的家：那长形的褐色的茅草房顶，还有房顶上那宛若蓝色喷泉的一缕缕炊烟，就在那炊烟的根下边，有一个温暖的火塘。那火塘，日夜燃烧着，就如同是她家里的太阳。她阿爸、阿妈、阿姐，还有她自己，就好比是靠太阳发光的星星一样，每天都要围坐在火塘旁边，亲亲热热、欢欢乐乐地吃饭、谈话，有时还唱那古老的独龙民歌。

可是，这样的生活并不能长久。阿嫦生了病，几次祭鬼都没有好，幸好杨连长来了，才把她送到县城去医病。一去就是一年，大雪封山，回不了家啊！远离家乡的日子，虽然也是愉快的，但她总在思念着家啊！好不容易回来了，但现在，家已经变了。阿姐嫁到远方，仿佛是一颗在夜幕中隐藏的星星，看不到她明亮的星光。接着，就在阿嫦与她心爱的人刚刚开始热恋的时候，不幸的命运又落到了她的头上，为了反抗那丑陋的落后习俗——在好端端的脸上要刺上难看的花纹啊——阿嫦不得不逃出家门……此时，阿嫦站在一棵高大的白露花树的枝丫上。春天里，那如云似霞的花朵早已凋谢了。但枝叶发得更加繁茂，满树绿茵茵的，不但能遮阳光，还能挡风雨。阿嫦有时攀到树的最高处，眺望茂顶寨，眺望她的家，眺望那蜿蜒于山中的驿路，倾听驿路上响起马铃的叮当，还有赶马人嘹亮而悠长的牧歌……

那一天，阿嫦喝了她阿爸掺了迷醉药的蜂蜜茶之后，很快就昏睡过去了。由于某些原因，她阿爸、阿妈拖长了时间，当她苏醒过来，发现阿爸正举着竹签和木槌要给她刺面。她死活不依，哭喊啊，挣扎啊，被她阿妈扭住双手，压倒在地上。

眼看逃不脱文面的命运了，阿嫦用尽最后的力气，大声地喊道："阿爸、阿妈，要是你们硬给我文了面，我就去跳独龙江，死给你看……"

木金娜是深知阿嫦的性格的。她说得出，做到到，不像阿妮那么顺从和软弱。也许，就是阿嫦的这句话，使木金娜的心软了，手也就软了。

阿嫦见阿妈这么一犹豫，趁机猛一用力，挣脱了阿妈的束缚，手一撑地，翻爬起来，飞快地跑出了家门。

阿嫲蹭蹭蹭地跑下楼梯的时候，茂丁气鼓鼓地追到阳台上，手指着阿嫲斥责道："你不文面，就永远也别回这个家……"

阿嫲跑出了院子，来到栅栏门前的时候，又转回头去看了一眼，阿爸正跺脚挥臂着骂她呢。阿妈呢，站在阳台的竹篾笆上，连连哭喊着："阿嫲，你回来，回来……"

阿嫲转过身去，跑得更快了。跑到寨门的时候，跟前是一片开阔的荒野。路上边是莽莽苍苍的山林，路下边是波涛滚滚的独龙江。刚才她只知道抗拒文面，逃出家去，可她并没有想过，要逃到哪里。

可就在这时，阿嫲听到驿路上传来了马帮的铃声和铓锣声。那声音紧促、欢快，而且越来越近了，仿佛在向她发出召唤。

"啊！马帮到了！找顿珠去……"

阿嫲刚才还是痛苦的心，瞬间就变得充满了希望。她紧跑了几步，用手抹去脸上的泪水。可是，阿嫲发现，手是黑的。虽然没有刺成，但脸上有用墨汁描绘的花纹。这怎么能去见顿珠呢？

于是，阿嫲改变了主意，没有直接跑向马帮的宿营地——马场，而是跑到了浪花奔腾的独龙江边。

阿嫲蜷伏在白鱼湾一块青石板上，用双手捧起清清的独龙江水，洗呀，搓呀，接着，又把脸埋在江水里，又是擦呀，抹呀，终于把阿爸、阿妈描绘在脸上的黑色花纹，全洗去了。清清的江水，微微泛起一层黑色波纹，就流走了。由于江水有波浪，映不出阿嫲的容颜，她就从身上掏出一面小圆镜，对着脸照了又照，心里不禁感到了一阵欣慰。

"真好啊！还是自己原来的那张脸……"

一年前，同样在这个白鱼湾，同样的江水，阿妮也在这儿洗过，却洗不净她脸上的花纹。为什么两姐妹在文面的习俗上，会有不同的结果呢？阿嫲想：那是由于阿妮总是逆来顺受，被阿爸经常用"祖祖辈辈传下来的老规矩"的框框给捆住了。

阿嫲抹去了脸上的水珠，看独龙江水滔滔流去，一种庆幸感在心底油然而生：冲破了这一关，阿爸、阿妈拿她还有什么办法呢？阿爸、阿妈的老道理管不住阿嫲的新道理，就只好求助迷药。可阿嫲从迷药造成的昏迷中清醒之后，反而比昏迷前更清醒了。

阿嫲没有从原路返回家里，而是从江边绕道，穿过一片水冬瓜树林，向马场走去。来到马场附近时，听到人喊马叫，马帮果然来到了独龙江。

"顿珠阿哥来了吗？"阿嫲怀着急切的心情，向前小跑起来。

快到马场时，阿嫲突然愣住了。只见卜松站在马场边，正在大声地与格桑说着话。阿嫲不便过去，便躲藏在草丛中，听他们说些什么。

阿嫲知道，阿爸很相信卜松，卜松给阿爸出过许多坏主意。比如说什么赶快文面啊，赶快同意鲁腊顶的定亲啊，等等。从格桑、顿珠上一次到家里做客，阿嫲就从卜松的目光里看出来了，他很不喜欢顿珠。其实卜松也说过，当年救他和兰萝出虎口的那个藏族土司家兵，还是他的恩人呢，要是找到那个土司家兵，他愿意向人家下跪谢恩！

可眼前的卜松，对格桑大爹的态度，为什么就不友好呢？

看格桑瞪眼又跺脚，好像在发脾气呢！

因为风往上边吹，阿娴听不见卜松给格桑说了些什么。又看见马场上，骒马在撒欢打滚，赶马人正忙活呢，不如等一会再来吧。现在去马场，要是被卜松看见了，阿爸、阿妈找到这儿，那就使格桑大爹和顿珠阿哥为难了。

阿娴只好转身向边防连的营房走去。因为她听说，区长老李，还有书记老马，都被叫到县上的什么学习班，去接受什么大大的批判去了。区上没有什么领导干部，她只好去边防连找杨连长。杨连长最早到独龙江，最懂得独龙人的心，脑子里装着的新道理，就像春天的花朵，又红又好。请他去给阿爸、阿妈说说情，再加上解放军的面子，也可能会使自己免于文面吧。

走在路上，看着那营房的白墙、青瓦，蓝天上飘着红旗，还有那围绕旗杆飞翔的军鸽，阿娴便充满了希望，心里感到一片温暖。

阿娴怎能忘记，是杨连长，牵扯着阿娴的小手，送她走进小学校的课堂；是杨连长，举着火把，领她走过荒野到连队俱乐部的文化夜校，给她讲祖国是多么辽阔，世界是多么博大，独龙人还处在什么样的社会发展阶段；是杨连长，反对给阿娴祭鬼，把阿娴抬过高黎贡山，到了县城，不但医好了病，还使她认识了一个新的天地，认识了许多兄弟民族的姐妹们，使她明白了文面是一种野蛮而落后的习俗。如今，也许只有杨连长能给她勇气和希望，能使她解脱目前所处的困境了……

可是，阿娴却失望了。来到连里，站哨的王班长告诉阿娴：因为国境线上发现特殊情况，杨连长昨晚上连夜出发去独龙下游的马库前哨排去了。

"赵指导员呢?"阿婻想,杨连长不在,能找到赵指导员也好啊。

"指导员今天早晨听完广播,就带上连队演唱组,去独龙江上游的村村寨寨宣传什么最新的最高指示去了……"

阿婻的心一下子变冷了。当王班长主动向她宣传最新最高指示的内容时,她一点也没有听进去。她只是十分软弱地站着,嘴上不停地"嗯嗯嗯"地答应着……

阿婻从连队走回到马场时,已是暮色苍茫了。她从树林中慢慢地隐蔽着向马帮走去,她怕卜松还在,也怕她阿爸、阿妈来马场找她。越来越近了,她看见赶马人在围着一堆篝火,在吃饭,其中没有穿独龙服装的人,这使她略为感到放心。但仔细一看,阿婻又心慌起来了,因为赶马人当中,没有顿珠。

阿婻心想:"见了顿珠,该怎么办呢?是一头扑在他的胸怀里,向他大哭一场,还是向他表白自己心中的爱情呢?可当着那么多的赶马人,还是既不哭,也不嚷,先把顿珠叫出来再说。"

为使自己平静些,阿婻先躲藏在一棵老柳树背后,借着明亮的篝火,用目光搜寻着顿珠。一个又一个赶马人从阿婻的目光中移过去了,最后一个是格桑大爹……

阿婻又从头到尾搜寻了一遍,还是没有顿珠,心想:莫不是顿珠到我家去了?

阿婻急了,不进马场,便转身向寨子里走去。

天已经黑了。独龙江在夜幕的笼罩下,看不见波涛的闪光,只听到滚滚流淌的江声。高黎贡山上黑压压一片,森林的摇摆,使人感到大地也在晃动。阿婻高一脚低一脚地走着,急急忙忙地回到了寨子里。穿过曲曲弯弯的巷道，阿嫱走进了自家的院子。她当然不想上楼去。因为，自己抗拒文面逃了出来，她阿爸也说过，不文面就不准她回家。如果阿爸固执己见，阿嫱是不会回家的。从小，阿嫱的脾气就比阿妮犟。用她阿妈的话说，她要是赌起气来，三头牛也拉不回来。阿嫱和阿爸，有时候顶起来，就像牛角对牛角，硬得拼撞出火花，宁肯折断，也不会软下来。

可这样老待在外边，也叫不出顿珠呀！这会儿，也许顿珠正在火塘边，正为她向阿爸、阿妈求情呢！

阿嫱灵机一动，一弯腰，钻到了木楼下。她低着头，绕过一棵又一棵立柱，渐渐地走近楼上火塘的部位下边。一缕缕火光，从竹篾笆的空隙间流落下来，照得地上斑影点点。阿嫱把耳朵凑近了竹篾笆，恰好听到卜松在说话。

"我去过马场了。我本想当场劝劝顿珠那小子，让她对阿嫱死了那份心。可顿珠没有来。听格桑讲，顿珠阿妈生了病，他留家里了……"

"唉……"阿嫱从心底轻轻地叹了口气。她开始还有点埋怨顿珠为什么不来，可一想，达娃大妈生病，顿珠能丢下不管吗？

接着，又听到阿爸说话了。

"卜松，你不会把你想说的话，告诉格桑吗？"

"嗨！我咋会那么憨？我说啦，样样话都说给格桑听啦！那个老赶马人气得直跺脚。"

阿嫱只听见楼上传来一阵吸烟和喝茶的声音。

"你怎么说呢？"这是阿妈的声音。

"我说，自古以来，藏族都欺压我们独龙人。现在世道不同了！我们独龙人不怕藏家了！我让格桑告诉他儿子，不要再纠缠我们阿嫲了！让顿珠去找一个藏家姑娘做婆娘，让我们独龙姑娘就嫁给独龙人。这就叫怒江水不冲独龙江水，各家过各家的日子吧……"

"哦……"阿嫲的心口有些疼痛，感到闷得慌。卜松又说了些什么，她再也听不进去了。她悄悄地从木楼下钻出来，到了外边，才直起了腰，抬起头看看天空。高黎贡山顶上升起了星星，其中有一颗特别明亮。阿嫲仿佛在向星星发问："我怎么办？我去哪里？"

阿嫲真想哭啊。可是她不能哭出声来。她默默地走出了院子，想着该去哪里，去寨子里的哪一家，都要被她阿爸知道的。去麻胡寨她大伯家吧，那里很远很远，晚上也不敢走夜路，而且阿嫲盼望的是顿珠跟马帮来独龙江。如果顿珠真心爱她，坚决爱她，她可以跟顿珠出独龙江，去高黎贡山的丙中洛那边。阿嫲还盼望着杨连长早些回来，可以帮她说话，可以劝劝阿爸、阿妈，能答应不给她文面就好了。想到这些，阿嫲认为，还是不能走远，就在附近森林里暂时躲避一下吧。

阿嫲走着，把寨子里的火光渐渐丢远了。月亮从高黎贡山积雪的山巅升起来了，森林的叶片反光，显得白花花的，像一点点银色的水珠……这时，阿嫲突然想起，春天里，她跟姑娘们去森林里采白露花，因为她从县城回来的时候，春天已经快过去了，白露花已经是最后一拨了。她记得，爬到那棵高大的白露花树上时，发现树上有人搭了一个小草棚。这个草棚，完全是按照独龙人老一辈在树上巢居时搭起来的茅草房。以前她听阿爸讲过，解放初期，她阿爸、阿妈就是在树上搭棚居住的。杨连长来森林里找到了他们，才把他们的家定居在茂顶寨。现在，阿婻为什么不可以像阿爸、阿妈一样，暂时到树上居住去呢？

阿婻借着明亮的月光，在森林里，找到了那棵高大的白露花树。她很快就爬到了树上，架在树上的茅草棚还十分完好。阿婻知道，这棵白露花树，就在苞谷地的边沿。从前，守庄稼的孟布多老爷爷就住在树上的草棚里。后来，孟布多老爷爷手脚不那么灵活了，氏族的人才在地上为他盖了一间圆木围墙、木板作顶的房子。这棵树上的茅草棚就空闲起来了。有时候，猎人会在这儿设瞭望哨。别的人一般是不会到这儿来的。这真是一个隐蔽的好地方。树下面，就是苞谷地。最近，苞谷已经开始成熟。饿了，吃几棒苞谷；渴了，吃苞谷秆，还甜呢！

于是，阿婻就在白露花树上住了下来。白天，她到森林中采摘野果；夜里，就在树上睡觉。只是每天傍晚，她都要攀爬到白露花树的最高处，去眺望山中的驿路，去倾听马帮的铜铃声和铓锣声。因为她知道马帮到独龙江的时辰，一般都在落日眺红了眼睛，蹲在担当力卡雪山顶上歇息的时候。

可今天，太阳落山了，马帮还是没有来。一阵大风吹过，白露花树在激烈地摇摆。阿婻感到失望了，身子也觉得发冷。于是，她转过身来，看着那炊烟缭绕的寨子，在寻找自己的家。阿婻想念着家里的火塘——那红红的火光，那喷香的烧苞谷，那刺鼻的胡辣椒，那独龙人生活中的一切，都是围绕着火塘进行的……

想到温暖的火塘，自然是有些想家了。阿爸、阿妈也是好人啊！只是，他们为什么硬要阿婳文面呢？唉，老一辈人想问题总是那么固执，那么僵硬，要是让阿爸、阿妈，还有卜松大爹他们都到雪山那边去看看那个更大的世界，去看看其他兄弟民族的姐妹们，她们不文面，有多么好看啊！那时，阿爸、阿妈、卜松大爹，也许就会想得开一些了吧！阿婳想到这儿，真想长上翅膀，从白露花树上飞回家里去……

十七、阿妈

　　一只羽毛鲜亮的小雄鹰，在高黎贡山的峰巅上翩翩翱翔。高黎贡山的东麓，脚下流淌着怒江；高黎贡山的西麓，脚下流淌着独龙江。小雄鹰先飞到怒江，歇下来，饮了几口怒江水，又飞到独龙江，落下来，饮了几口独龙江水。然后，小雄鹰又展翅飞翔，越过高黎贡山的山脊，飞呀，飞呀，飞到了丙中洛的鲜花盛开的草原……

　　这时，达娃坐在草原上的小河边。她还年轻呢，还爱唱歌呢。在她优美动人的歌声中，小羊羔、小马驹在她的眼前撒欢。接着，一片彩云飘来了。啊，那不是彩云，那是她期待中的吉祥的小雄鹰，不往别处飞，一直向她飞来。她张开双臂，把小雄鹰拥抱在胸怀……

　　一阵惊喜，达娃醒了过来。原来，刚才是做了个梦。她一看，屋里没有点灯，但火光却很明亮，格桑在她的身边，呼吸均匀，鼾声噜噜，呀！会不会是火塘烧起来了。

达娃穿衣起床，来到客厅。果然，煀火的灰大概盖得太薄，柴火都燃烧起来了。她看看窗外的天空，离天亮也快了，就干脆将柴火堆到三脚架中间，把火塘烧旺了。

顿珠的床，离火塘很近。达娃就坐在床沿上，呆呆地看着儿子。他的头发，很黑、很亮，但还是卷曲不起来。记得小的时候，顿珠爱同村子里的藏族孩子们摔跤。摔跤，得要脱去帽子。这时，别的藏族孩子，总是取笑他，说他的头发为什么不像他们的头发那样，是卷曲的。顿珠为此而感到烦恼，就来问阿妈。

达娃告诉顿珠，他的头发，本来也是卷曲的。因为妈妈太喜爱他的头发啦，就常常在他吃奶的时候，用手为他梳理头发。那时，他的头发像春草那样鲜嫩，梳来理去，就把头发给抚平了。

"妈妈，你能再把我的头发弄卷吗？"

于是，达娃就用拨火炭用的铁筷子，把它在火炭上烧红了，来替顿珠烫卷发……

"唉，这孩子，从小时候到长大，都是多听话的呀！"达娃伸出右手，轻轻地摸了摸顿珠的头发，"可现在，这只小雄鹰翅膀硬啦，又要从丙中洛这个窝里飞向高黎贡山，飞向独龙江吗？以后，就再也不会睡在藏家这个温暖的火塘边了吗？"

达娃经过格桑的劝说，"如果卜松真是顿珠的亲阿爸，那就让他们父子相认；这样一来，顿珠对阿嫡的爱情也就更美满了……"对这一点，虽然是想通了，可达娃的母与子的心肠总是难舍难割。这时，眼泪禁不住流了出来，一滴泪珠落在顿珠的脸上。达娃想替顿珠把泪水揩去，但又怕把他弄醒，便缩回了手。

"让他父子俩就再多睡一会儿吧，吃过饭，他们还要赶路……"

达娃把氆氇毛毯往上拉了拉，盖住了顿珠的肩膀。母亲的心，使她又默默地想着：

"唉！赶马人哪，在荒山野岭，能像在家里这么睡得上好觉吗？"

渐渐地，天边已经发亮，东方那一片云彩，还真像是展翅的小雄鹰。再加上火塘的光焰，以及对顿珠的挂牵，难怪刚才会做那个梦！想到这儿，达娃认为刚才做的那梦是吉祥的。顿珠即便找到了他的独龙族阿爸，也同阿嫫结亲成了家，他这个赶马人，不也是像小雄鹰那样，在高黎贡山的东边和西边飞来飞去的吗？他会因为有了生身的阿爸，就忘了哺养他长大的阿爸、阿妈吗？他会因为有了阿嫫的爱情，就把对其他亲人的感情忘记吗？不会，不会的，顿珠不是那样的孩子……

这时，楼下的厩房里，传来一声轻微的小羊羔的呼唤："哞嗨嗨……"

"哞嗨嗨……"在达娃听来，这叫声，仿佛就是"妈呀……"的意思。

达娃轻轻地离开火塘，又轻轻地下了楼梯，这才快步走进厩房。

她弯下腰，低头一看，那头黑花母牛和那头黄花母牛的奶包，经过一夜的积蓄，已被奶水撑得胀鼓鼓的了。她急忙拎起奶桶，蹲在奶牛的身边，两手就不停地挤起奶来。洁白的奶浆，像泉水一样喷射到桶里，发出"嗞嗞"的有节奏的声音——仿佛是一首欢快的乐曲。

达娃挤过牛奶，又拎着另一只桶去挤羊奶。当她把两桶奶水提到边上的时候，母牛和母羊都不约而同地发出了叫声。也许，它们知道，主人挤过了奶，该轮到它们的儿女吃奶了。

达娃这才去打开另一小间厩房的栅栏。那些小牛崽和小羊羔，由于闻到了奶香，听到了母亲的呼唤，早就焦急地把头伸到栏杆外边来了。栏门一开，看着这几头小家伙"哞哞"地叫着奔跑去找它们的母亲，达娃的心里不禁也涌起了一股柔情，一种喜悦。她突然想起了顿珠小时候，她抱着顿珠去藏族、傈僳族、怒族、纳西族、汉族人家找那些有奶的母亲哺乳的情景……

说真的，每次挤奶，达娃都想到，为了不饿着那些小牛崽和小羊羔，她总是手下留情，没有把母牛、母羊的奶包挤瘪了。如果把奶水挤得太多，那母牛和母羊还会生气呢，有的还会用尾巴来扫达娃的脸，有的就不停地提起蹄子，甚至走动着避开挤奶，因此，达娃是能理解牛妈妈和羊妈妈的心情的……

就在牛崽和羊羔用小嘴顶着它们的妈妈的奶包"啧啧"地吸吮奶水的时候，顿珠从楼上来到厩房里。只见阿妈呆呆地看着小牛崽和小羊羔吃奶，脸上流露着亲切的微笑……

这景象使顿珠的心上突然涌起一股暖流，不禁想起了阿妈的许多往事……他怀着满腔深情，用甜蜜的声音喊道：

"阿妈……"

达娃转过脸来。她感到儿子从来也没有像刚才喊她的声音

145

那样，这么亲切，甘甜，这么动人心魂。她不禁长长地回答了一声：

"哎，儿子……"

"阿妈，原来我在县上，不晓得你一个人替生产队饲养这么多的马、牛、羊。这些时候在家里，我体会到了，放牧也是够辛苦的。我和阿爸这次去独龙江，要是能把阿嫲接来，就好啦……"

"不，孩子。阿嫲有阿嫲的难处，你有你的难处，我和你阿爸也各有自己的难处。我们都要为大家想想，不能光想着自己的事。还有……"达娃说到这儿，停住了。

"还有什么？阿妈。"

"你去到独龙江，就会知道啦！孩子，要听你阿爸的话……"达娃在这里所说的"阿爸"可能已包含着藏族、独龙族两个"阿爸"的意义了。只不过，此时她还不能向顿珠明说。于是，她转换了话题，"你阿爸还睡着吗？"

"我起床的时候，好像房间里还响着阿爸的鼾声……"

"那就让他再打雷吧。"达娃一想起男人的鼾声，就忍不住想笑，"孩子，阿妈要做饭，你就把牲口赶到牧场上去，快些回来……"

达娃说完，弯下腰，伸手去分隔小牛崽和小羊羔。可这些小家伙哪里愿意离开它们的阿妈呢。它们都是一个样子：尾巴夹着，小嘴紧紧地含着奶头，"叭叭"地吸吮着奶水。达娃抱开一头小牛崽，又去抱第二头的时候，第一头小牛崽又跑过来吸着它阿妈的奶头了。而母牛呢，仿佛也舍不得它的小家伙离开似的，总是用肚子去护卫小牛崽，还把屁股转过来，想挤开达娃呢。

不知怎么的，达娃的眼睛感到亮晶晶的，好像有泪水遮住了她的视线。她伸出双臂，把一头小牛崽紧紧地抱在自己的怀里……

顿珠刚才把别的骡马牛羊赶到了门外，还不见那几头奶牛、奶羊出来，便又折回到厩房。见阿妈抱着一头小牛崽，其他的小牛崽和小羊羔还在吸着奶呢。

"阿妈，怎么啦？"

"唉，分不开呀！"达娃觉得，连牛羊都这样有感情，何况人呢！她忍不住流出了眼泪。"小牛崽啊，小羊羔啊，你们还小啊，你们还走不到草原上啊，等你们的阿妈出去吃饱了水草，回家来，才有奶水给你们吃啊……"

顿珠感到一阵心酸，咽喉在沉重地往下坠。他想起小的时候，阿妈坐在床边，轻轻地拍着他的脊背，轻轻地唱着一首"催眠曲"。这首"催眠曲"，本来是唱给母牛和小牛犊听的，可阿妈总是喜欢唱给他听，来为他催眠：

> 小牛犊啊，睁开眼吧，
> 看看生你的阿妈；
> 小牛犊啊，吸口奶吧，
> 亲亲养你的阿妈；
> 小牛犊啊，迈开腿吧，
> 跟上爱你的阿妈；
> 小牛犊啊，到草原上去吧，
> 可别忘了家，忘了阿妈……

　　顿珠倚在门上站立着，默想着。他没有去帮阿妈的忙，他
此时的心情，难以让他去分隔那些难分难离的小牛崽和小羊羔。
它们确实还小，蹄子还嫩，它们还不会在坎坷的山路上走，它
们暂时还得关在家里。

　　达娃的心肠虽然很软，但理智还是要克制感情，她硬是把
小牛崽和小羊羔一头一头地抱到栏圈里，把它们都给关住了。
尽管那些小家伙还在哞哞地叫个不停，但达娃还是把奶牛和母
羊吆出了厩房。

　　这时，太阳刚刚冒出山尖。顿珠赶着畜群，向牧场
走去……

　　等顿珠回到家里的时候，达娃早把饭菜做好了。可是，火
塘边不仅有他阿爸、阿妈，还有一位傈僳族大妈、一位怒族大
婶、一位纳西族大妈、一位汉族大婶……在丙中洛这个多民族
的村庄里，各民族的母亲都在熊熊燃烧的火塘边团聚了。她们
一个个都朝着顿珠发出了亲切的微笑。

　　顿珠既感到高兴，又觉得疑惑：这是为什么？村里也有为
远行的出门人饯行的风俗。可一般是不请外人的啊！顿珠朝着
达娃喊了声"阿妈"，便也在火塘坐下了。

　　"孩子，平常时候，你喊这几位是大妈或是大婶。可今天，
阿妈要你也喊她们一声'阿妈'……"达娃把饭菜摆好后，坐
下来说道。

　　顿珠没有立即喊她们，却用亲切的目光扫视着她们。格桑
在一旁也催促着说：

　　"因为，你小的时候，你阿妈没有奶，你都在这几位母亲的

怀抱里，吃过她们的奶……"

这几位各民族的母亲们，虽然现在都已经上了年纪，却仍然害羞地转过身去，蒙住脸嘻嘻地笑出声来。大概是因为曾经吃过她们的奶的婴儿，现在已长成个大小伙子的缘故吧。

"哦……"顿珠也笑嘻嘻地站了起来，弯下腰，诚心诚意地向各位母亲连连喊道，"阿妈，阿妈，阿妈，阿妈……"

各位大妈大婶也认认真真地齐声回答着：

"哎……"

接着，大家都爆发出欢快的笑声。这笑声，是分不出民族的，这共同的笑声，比火塘上燃烧的火焰还显得更加热烈。

"请原谅！我过去都不知道各位阿妈的恩情呀！"顿珠被他阿妈拉了坐下后，又说，"可是，各位大妈、大婶你们从来也没有讲过这事呀！"

"有哪样好讲的？不就是喂过你几口奶水？"那位傈僳族大妈说道。

"你还咬疼了我的奶头呢！"

那位怒族大婶说完这话后，又引得大家哄堂大笑。连有意不插嘴谈吃奶问题的格桑，都把老脸笑红了。

就在这么亲切、愉快的笑谈中，吃完了藏家的饭菜。这时，太阳已经升得很高，早晨笼罩着村子的炊烟和雾气，在渐渐地消散。然而，这顿饯行的早餐，却将使顿珠永远难忘。

格桑和顿珠背着简单行装，离家上路了。马帮的伙计们在县城等着他们呢。达娃和那几位各民族的大妈、大婶，一直把他们父子俩送到村外路边。

当格桑和顿珠走出一段路，回过头来，送行的母亲们，仍然站在村口的那棵茂盛而又葱绿的老榕树下。如果再走几步，就会被树林遮住，看不见了。格桑举起手来向她们挥舞着，这时只听达娃大声地喊道：

"孩子，别忘了阿妈……"

"阿妈……"顿珠放声高喊起来。

"阿妈，阿妈，阿妈……"群山和峡谷都发出回音，怒江的波浪也发出回声，这激动人心的喊声在天地间久久不散……

十八、逼婚

　　孟布多老爷爷后半辈子，除了替人家祭鬼治病之外，就是为氏族守护庄稼。在这块土地上，他亲眼看着那一粒粒种子下地，又长出小苗，节节拔高，舒展叶片，到吐出棒子，飘起红缨，如今，苞谷棒越长越胖，越长越长，像个小奶娃娃一样，心里感到分外地高兴。

　　太阳落山之后，孟布多老爷爷在木板房里，烧起了火塘。烤熟了几块熊肉干巴，又烧了几棒苞谷，这才从葫芦里倒出苞谷酒，慢慢地喝了起来。

　　几杯酒下肚，孟布多老爷爷感到浑身发热，精神起来了。这时，月亮钻出乌云，像一朵雪莲花，从高黎贡山的雪峰上飘向蓝湛湛的云天。孟布多老爷爷偏头向门外看去，月光这么明亮，猴子有可能成群结队地来偷苞谷的。那些小家伙，糟蹋起庄稼来，可是不得了的。它们先懂得掰苞谷，掰下一包，夹在腋下，又去掰另一包；原来夹着的那一包掉了，夹起新的一包，又去掰一包。到头来，一只猴子最多只拿得走一包苞谷，可它掰下的苞谷呀，那就不知有多少了。所以，苞谷成熟之后，第一要防范的就是猴子。孟布多老爷爷趁着酒兴，拎起火药枪，走出了木板房。

一阵夜风吹来，苞谷林里发出刷刷啦啦的响声，孟布多老爷爷把火药枪扛在肩上，挺起胸膛，像武士一样，在苞谷地的周围开始巡逻起来。

孟布多老爷爷虽然是寨子里年纪最老的老人，但由于他担任"夺木萨"（送鬼的巫师）的职务，他比一般的独龙人要吃得好。替人送一次鬼，他能一次吃下一整只鸡，或是半条小猪，或是一条牛腿。所以，他的身体一直很好，不像那些吃不饱穿不暖的独龙人那样瘦弱多病，他在远离寨子的苞谷地里看守庄稼，人们从来也不会替他担心的。他虽然多吃一点新鲜苞谷，但由于他总是忠于职守，从没有让猴子、老熊来糟蹋过庄稼，乡亲们对此也从不计较的，秋收分苞谷时，茂丁氏族长还常常多分给他一些。此时，孟布多老爷爷巡逻到森林与苞谷地交界的地段时，更加小心起来。他知道，猴群常常以森林作掩护，从这儿越过边界，去偷袭苞谷。他走得很慢，脚步很轻，来到白露花树下时，就随便倚靠着树身，认真观察着森林里的动静。在那间木板房没有盖起来以前，孟布多老爷爷就在这棵白露花树上搭了棚子，住在树上守庄稼的。因此，他对这里的每棵树都熟悉，他也常常怀念这棵树。春天，白露花开的时候，他还跟着阿嫜和另外两个姑娘攀到树上去，帮她们采过白露花呢。

但是，今晚，孟布多老爷爷总觉得树上有一种声音。他抬起头来，仔细听了听。

"哦，好像是有人在树上哭泣？"孟布多老爷爷感到奇怪了。他听过挨冻受饿的猴子的哭泣，但声音不像这个。这明明是人哭的声音嘛。

孟布多老爷爷转念一想，这树上哪来的人呢？莫非是鬼哭么？

虽然孟布多老爷爷给人送鬼、祭鬼，但他却从来也没有见过鬼。有时，他甚至想：根本就没有鬼。只不过他不说出自己真实的想法罢了。

孟布多老爷爷越听越清楚了，树上有人在啼哭，而且还是个女人的声音。为了不惊吓着啼哭的人，他故意大声地问道：

"树上哪个在哭呀！"

没有人答应。但哭声却停止了。

"别怕，我是孟布多老爷爷呀！"

树上只传来枝叶在夜风吹动下发出的飒飒声。

"你遇到了什么不幸？"孟布多老爷爷仰起脸，向树上大声地说道，"我愿意帮助你，请你相信我！"

沉默片刻之后，树上突然爆出哭声，声音是那么撕心，那么凄楚，让孟布多老爷爷浑身都颤动了。

"我一定为你保守秘密……"孟布多老爷爷从哭声听得出来，树上的女人一定有着太重太痛的伤心事，不然，她怎么会逃出家，住到树上去呢！

"孟布多老爷爷……"

"哦，是阿婳呀！"孟布多老爷爷是熟悉阿婳的声音的，去年春天，他为阿婳送鬼，没有灵验，心上一直感到不安，现在，正是关心阿嫲的机会呀！"你下来，还是我上去？"

阿嫲没有回答，仍继续哭着。孟布多老爷爷急了，把火药枪往上一挂，手脚并用，就往树上攀去。这毕竟是孟布多老爷爷住过的家，他熟悉"台阶"，手该抓哪里，脚该蹬哪里，很快就爬到了茅草棚门口。

阿嫲一抹泪眼，看清了来人正是善良的孟布多老爷爷，她一头伏在孟布多老爷爷的肩上，哭得更厉害了。

等阿嫲哭够了，孟布多老爷爷才问起缘由。阿嫲就把父母如何逼她文面等事情的经过，从头到尾告诉了孟布多老爷爷。

孟布多老爷爷虽然同情阿嫲，但还是认为阿嫲应该文面才是。只不过孟布多老爷爷很讲义气，他刚才许下的诺言，绝不反悔，绝不背弃。于是，阿嫲在孟布多老爷爷的关怀下，结束了白露花树上的巢居生活，住进了树下的木板房里……

孟布多老爷爷果然是严守秘密的。寨子里的人，谁也弄不清阿嫲去了哪里里。茂丁和卜松认为，阿嫲可能翻过高黎贡山，到县城找顿珠去了。木金娜则认为，阿嫲去麻胡寨投靠她大伯去了。

可是，有一天傍晚，卜松到苞谷地附近打猎。他突然看见阿嫲走进了孟布多老爷爷的木板房里。卜松说不出有多高兴了。他谁都没有惊动，便悄悄地离开苞谷地，回到寨子里。

一进家，卜松就把发现阿嫲的消息告诉了茂丁和木金娜。茂丁主张立即去把阿嫲抓回家来，捆起手脚进行文面。木金娜反对这样做。她可怜女儿，说，算了，文面的事先等一等，把阿嫲哄回家再说。卜松则说，原来是想先给阿嫲文面，再把她嫁出去。现在，阿嫲坚决不文面，那就反过来，让鲁腊顶家来把阿嫲抢走，只要阿旅戛与阿嫲成了亲，什么文面的事，顿珠的事，也就像秋天落叶子一样，顺顺利利的了……

卜松和木金娜一听，认为还是卜松的主意高明。于是，当即决定，让卜松第二天就去鲁腊顶家商量抢婚的事。

一天下午，孟布多老爷爷和阿嫲正在木板房里的火塘上烧苞谷吃的时候，忽然听到了一阵急促的脚步声。

孟布多老爷爷连忙起身，往门外探头一看，只见树林中闪动着几个人影。按预先商量好的办法，如果一有人来，阿嫲就爬到那棵白露花树上的茅草棚里躲避。此时，阿嫲听到脚步声越来越近了，就一步跃出木板房，飞快地向那棵白露花树跑去……

阿嫲跑出去不久，茂丁、木金娜、卜松领着抢婚的鲁腊顶、阿旅戛和阿旅戛的两个同氏族弟兄，来到木板房前。

"孟布多老爷爷，阿嫲呢？"茂丁以平静的语气问道。

"什么阿嫲？我没见过她……"孟布多老爷爷故意装糊涂，还仰起葫芦喝了一口酒，抹抹他的白胡子，"她没在家里？"

卜松急了，一步跨进木板房里，四处看了一眼，根本就没有阿嫲的影子，他直截了当地说道：

"孟布多老爷爷，阿嫲从家里跑了出来，一直住在你这里，我亲眼看见……"

"你怕是眼花了。"孟布多老爷爷眨了眨眼睛，"你看见的，是不是我孙女？她经常给我送菜、送粮食来的。"

"孟布多老爷爷，你放心，我们对阿嫲不会怎的。"茂丁指着鲁腊顶和阿旅戛说道，"我们把她嫁给阿旅戛，他家今天来接亲……"

孟布多老爷爷当然听阿姍讲过这桩婚事。他知道，阿姍爱的是赶马人顿珠，那藏族小伙子和他阿爸格桑，孟布多老爷爷在马场见过一面，都是挺和气的人，虽不像从前察瓦龙的那些土司家兵，但究竟心肠好不好，一时也还说不准。

"接亲？这好哇！阿姍干吗跑啦？简直是傻丫头。"孟布多老爷爷不禁放声笑了起来，"哈哈哈……你们忙你们的，我要转苞谷地去啦！"

孟布多老爷爷扛上火药枪，走出木板房，朝着与白露花树相反的方向慢悠悠地走去。

卜松一弯腰，发现火塘边有两包没有啃光的苞谷棒，就拣了起来，拿给茂丁看。

"你瞧这苞谷，单孟布多老爷爷一个人，不会这包没啃完，就啃另一包的。一定是阿姍来不及吃光的苞谷。我看她跑得不远，就在附近搜！"

茂丁点了点头，跟上孟布多老爷爷走去。

孟布多老爷爷回头一看，人都跟了上来，一颗心也就不那么紧张了。可他这么一回头，却被卜松看穿了他的用意。卜松凑近茂丁耳语了几句，茂丁默默地转身过来，朝着相反的方向走去。

孟布多老爷爷仍若无其事地向前走着。

等到与孟布多老爷爷相距甚远的时候，卜松才向茂丁说道：

"刚才我想起来了，那边有棵白露花树，从前是孟布多老爷爷住的地方，阿姍会不会藏在那儿？"

"看看去！"茂丁手一挥，让鲁腊顶他们也跟着卜松走去。"这个阿姍，太丢我的脸了，又抗婚，又不文面，我这个做阿爸的，还能见人吗？"

"更重要的，你不但是阿爸，还是氏族长，再加上政府给当的生产队长。自己的女儿都不听话，今后，你怎么领导大家？"卜松说着，脚步越走越快了。

不一会儿，卜松领着茂丁他们来到白露花树下。卜松抬头一看，搭在树顶上的茅草棚，有新挂上的绿色的枝叶，还有原来的焦枯了的茅草，这说明是有人修补过的。卜松朝着茂丁比了个手势，意思是让他喊几声试试。

"阿婻！阿婻……"茂丁仰起头，向树上连喊了两声。

树上没有动静，木金娜又喊了起来：

"阿婻！阿妈想你呀！快回家去吧！"

树上还是没人回答。茂丁火了，大声说道：

"管它有没有人？阿旅戛，你爬上去看看……"

阿旅戛走到白露花树跟前，朝两个手掌心上吐了两口唾沫，便向树上爬去。等阿旅戛快爬到树上的茅草棚前的时候，突然，一个人钻出茅草棚，向树的高处爬去。

茂丁一看，正是阿婻，禁不住火从心头冒起。

"阿婻，站住，下来！回家去，乖乖地文面，乖乖地嫁给阿旅戛……"

"不！不！不！"这就是阿婻的回答。

这时，孟布多老爷爷也悄悄地来到了白露花树下，一看阵势不对，他突然想起一个主意，便转身向边防连驻地跑去。

阿婻站在枝丫上往下一看，除了阿爸、阿妈、卜松，还有秃顶的老头儿鲁腊顶，旁边还站着几个汉子。已经爬到茅草棚边的那个男人，大概就是阿旅戛了。这不是来抢婚吗？阿婻心一横，又往树的高处爬去。

"阿嫲，我求求你，听听你阿爸的话嘛！"木金娜几乎要哭出声来了。

"要我听话，就要答应我两件事。"

"什么事？你说吧！"茂丁呆呆地注视着阿嫲。

"第一，不文面；第二，我要嫁给顿珠！"阿嫲站得很高，声音传得很远，仿佛整个森林都在回荡着她的声音。

"你胡说！"茂丁的脖子气鼓鼓的，口里喷出了白沫，"不文面，还叫哪样独龙姑娘？嫁给藏家人，你就背叛了祖先……"

"那，你们回去吧！"阿嫲的眼里，已经是泪汪汪的了，"阿爸，你不是说过，我不文面，就不是你的女儿了吗？"

"你文了面，就还是我们的女儿嘛！"木金娜感到一阵心酸，喊话的声音都已经在颤抖了。

树上树下，阿嫲和阿爸、阿妈就这样辩论着。

说到后来，茂丁讲不出道理，觉得女儿当着鲁腊顶和阿旅戛的面，侮辱了他这个做阿爸的，于是，感到满脸愤怒，便朝着树上大吼起来：

"阿旅戛，你是男子汉吗？"

阿旅戛站在树上听阿嫲和她阿爸、阿妈说来讲去的，渐渐地，觉得阿嫲的话更有道理，抢婚的劲头，也就渐渐减弱了。现在，经茂丁这么一喊，只好点点头，算是回答。

"我已经答应把阿嫲许配给你了！那树上的女人，就是你的婆娘。你要像个男子汉的样子，爬上去，像逮猴子一样，把她给抓下来！"茂丁越喊，火气越发大了。看着阿旅戛要往高处爬去，又继续喊道："今晚上，就让你们成亲！什么牛、猪、酒，我都不要！只要你把你的婆娘领走，就得啦！”

阿旅戛一听，浑身都发热了，便加紧向树上爬去。

阿婳见阿旅戛越爬越近，也用力往更高处爬去。渐渐地，树枝越来越细，已经软得载不住她身子的重量了。可阿旅戛还是不停地在往上爬。眼看着，阿旅戛一伸手，就可以抓住她的脚掌了。

这时，阿婳真像热锅上的蚂蚁，心，慌乱极了。她哭喊了起来：

“阿爸，你就这样狠心地逼女儿吗？”

“阿旅戛，上！快抓住她！”茂丁向上挥着手，指挥着阿旅戛，恨不得立刻就把阿婳给拖到树下来。

“阿旅戛，别动！”阿婳被逼得毫无退路了，只得一狠心，大声地喊道：“你再往上爬，我就要往下跳啦！”

阿旅戛被阿婳的喊声给惊住了。他侧面一看，树是这样的高，阿婳要是跳下去，准要摔成肉泥。于是，他忘了自己是个男子汉了，连连哀求道：

“阿婳，别跳，别跳！你就嫁给我吧，你不文面也行哪……”

看到阿旅戛停止了行动，茂丁更是气昏了。他两步跃到白露花树前，伸出两手，抓住枝干就往树上爬去，爬到茅草棚的桠口上时，他一把将阿旅戛拉开，自己冲了上去。嘴上还大声说着：

“小小的姑娘，你竟敢威胁我！不把你抓下来，我就不配做你的阿爸，也不配当氏族长！”

木金娜一看父女两个这样对立，便焦虑起来，说话也乱了：

"茂丁，你不要上，不要上！阿嬬，你不要跳，不要跳！我给你们跪下啦！"

木金娜扑通一声，跪倒在白露花树前。鲁腊顶一看要出人命，便吓得赶快离开，向来路跑了回去。只有阿旅戛的那两个弟兄，连忙跑到树跟前，伸出两臂，准备去接要跳的阿嬬……

阿嬬看她阿爸毫不退让，决心往下跳了！这时，她才觉得，天，就在头顶，是这样的近；地，虽在脚下，却离她那样的远。白露花树在摇晃，天和地，也在旋转。地上的树、人，什么也看不清了，只看见两只手在她的脚下挥动着，就像是一头黑熊在向她张牙舞爪地扑了上来。

阿嬬闭上了眼睛，松开了抓着树枝的手，准备纵身往下跳了……

就在这最危急的时刻，一个洪亮的声音冲向了云天：

"阿嬬，别跳，我是杨月堂……"

阿嬬睁开眼睛，果然，身穿绿军装，头戴红五星的杨连长，向白露花树飞快地跑过来了。在这一瞬间，阿嬬悲喜交集，呜呜地哭了起来。她急忙伸手抓住树枝，使自己站得稳一些，这才大声地喊道：

"杨连长，杨连长……"

在杨连长的身后，慢慢地跑着孟布多老爷爷，原来，杨连长就是孟布多老爷爷去喊来的。阿嬬知道，杨连长来了，一切就有希望了！阿爸、阿妈总会相信杨连长的……

十九、墓前

"当，当，当，当……"

"锵，锵，锵，锵……"

高黎贡山的驿道上，回旋着马铃声和铓锣声。马帮驮运着粮食、药品、百货、电影片子等，疾速地向独龙江进发。

翻越雪山垭口之后，走了一段下坡路，马帮照例在山桃坪开梢，歇脚。于是，赶马人从骡马背上抬下了驮子，卸去了鞍子。一匹匹风尘仆仆的骡马在地上打滚，到溪边饮水，然后又被挂上盛着苞谷的马料袋……一阵忙碌之后，马哥头格桑才算有了空闲，在别的赶马人做午饭期间，格桑领着顿珠来到溪边的红杉树下，来到那座墓前。

"孩子，上回在墓前，我给讲过的话，你还记得吗？"

"记得。"顿珠点了点头，"你嘱咐我，每年春天赶马去独龙江，都要在坟前献一束鲜花……"

"知道为什么吗？"

格桑说这话时，坟前的溪水流过一串串白色的浪花，发出刷啦啦的响声。

"因为这儿埋葬着一位伟大的独龙族母亲！"格桑还不等顿珠回答，便又重复着说："是的，是伟大的母亲。"格桑低垂下自己的头颅，声音变得沉重了，"她用自己的生命保护了儿子，临死前，还让儿子吸吮着她胸怀里的最后的乳汁……"

"哦……"顿珠有些感动了，"她的儿子叫什么名字？"

"当时她来不及说出儿子的名字；也许，她儿子当时还没有名字……"

"后来呢？"顿珠看了一眼墓旁的那棵高大的红杉树，"后来他有名字了吗？"

"孩子，后来，她儿子的名字就叫顿珠……"格桑以最大的勇气，终于把埋藏得很深很久的心事讲出来了。

"顿珠？与我同名吗？"顿珠感到奇怪了。

"不！孩子，顿珠就是你，你就是这个独龙族母亲的孩子……"

"什么？阿爸！莫非丙中洛的藏族阿妈不是生我的母亲？"顿珠睁大了惊异的眼睛。

"是的。她只是你的养母。而我，也只是你的养父。"

"阿爸！你昏啦？"顿珠伸出两手，紧紧地抓住格桑的臂膀，使劲地摇着，仿佛想把格桑从昏迷中摇醒。

"不，我从来也没有像现在这么清醒过。"格桑轻轻地拿开了顿珠的双手，"那时，你大概刚刚满岁。你只会哭，不会说话，什么也不懂，可我却什么都记得清清楚楚的……你的名字，顿珠，这个藏族名字，是我们后来在丙中洛为你取的。"

"哦……难道这都是真的吗？"顿珠用双手抱住了自己的头。

"是真的。"格桑拉了拉顿珠的衣衫，"孩子，坐下，在你的生母的面前，你听我讲讲你的身世……"

格桑从那一年察瓦龙藏族土司带着家丁到独龙江上游的姜木雷氏族村寨里抢兰萝讲起，一直讲到他在这儿埋葬了兰萝，又讲他怎样背着兰萝的婴儿翻过高黎贡山，回到了丙中洛……

就在这时，卜松身上挂着几只羽毛鲜艳的雉鸡和灰毛野兔，手上拎着弓弩，向兰萝的坟墓走了过来。那天，在白露花树下逼阿嫡文面出嫁的事，杨连长不但批评了茂丁，也批评了卜松。因为这些个主意是卜松想出来，并一手搞起来的。卜松也渐渐认识到自己的不对了。这几天，他害羞见人，就常常跑到野外打猎来了。今天一早，卜松进了高黎贡山，只打到一些小东西，收获不大。刚才在森林中听到马铃声和铓锣声就知道马帮又来了。他也晓得，下独龙江的马帮，总要在山桃坪开梢的。于是，就插路来到这儿，想就着马帮的火，烧几个苦荞粑粑吃。卜松刚才在篝火旁听赶马人说，格桑和顿珠到兰萝坟上来了。就觉得有些奇怪：莫非格桑和顿珠认识兰萝么？他父子俩到兰萝的坟上做什么呢？于是，卜松就连忙走了过来。反正，卜松每次来到这儿的山林附近，总是要来扫扫妻子的坟墓的。

这会儿，卜松看到顿珠的眼睛闪耀着晶莹的泪水，格桑也是满腹心事的样子，更是疑惑不解了。见他来了，顿珠倒是没有什么特殊的反应，格桑却用奇异的目光注视着他。

"哟，父子俩都到这儿来啦。"卜松习惯地把挂在腰间的猎物往后挪了挪。

"这儿有红杉树，有泉水，又阴凉，好歇气呀！"格桑一见卜松来了，心里也是有打算的，但说话的语气却似乎很是随便，"来，卜松，你也坐下。我给你卷一支藏家的烟草抽抽。"

"好嘛，谢谢啰！"卜松正对着妻子的坟墓，盘腿坐下了。

格桑心想：这真是老天爷送来了卜松，这不是考察卜松真实身份的好机会么？于是，从挎包里掏出一个竹篾盒，把盒盖揭开，故意让盒盖的正面朝上，放在卜松的膝头前。

格桑从竹篾盒里取了一张小纸，又抓出一撮烟丝，两手在慢慢地卷烟，眼睛却斜视着卜松。

这时，卜松的心思早已不在卷烟上了，两眼却紧紧地盯着跟前的竹篾盒盖：呀，这盖上的用金黄色的竹篾片编织的鱼形图案，是我们祖传的家族标志呀！这竹篾盒看来也像是我年轻时候编织的手艺品哪！别人的竹篾盒不会同模同样的。这个竹篾盒格桑是怎么得到的？卜松伸手拿起了竹篾盒盖，眼睛却盯着格桑问道：

"格桑大哥，你这竹篾盒是你自己编的呀？"

"哪里，我要有这个好手艺，就不会来赶马啰！"格桑用舌头尖舐了舐烟纸，把烟卷好，递给了卜松，"是别人送我的。"

"哪个送的？"

"当时没有问名字，是个独龙族小伙子。"格桑掏出火柴划燃了火，凑过脸去，为卜松点燃了卷烟，并趁机审视着卜松的脸色，"因为我救了他心爱的姑娘，他为了谢我，才送了这个竹篾盒……"

"送个空盒吗？"

"哪里是空盒？盒里放着两小坨红糖和盐巴。那还是解放军慰问独龙族的礼品呢……"

"啊！格桑大哥，恩人哪！我就是当年送你竹篾盒的那个独龙人呀！"卜松翻身便向格桑下拜。

格桑连忙起身，把卜松扶了起来，接着问道：

"那个独龙姑娘呢？你们后来结婚了吗？"

卜松点了点头，声音哽咽了：

"她，名叫兰萝。后来，就在这个坟墓里安息。"

"哦！"格桑还是不愿意过早地道明自己所了解的情况，目的是为了进一步弄清卜松是否就是兰萝的丈夫，便故意问道："你怎么会把兰萝埋在这儿呢？这儿离家太远了嘛。"

"我和兰萝从姜木雷寨一直逃到茂顶寨，得到茂丁氏族长的关怀，我们才落脚、结婚、安家。一年后，生了个儿子……"

这时，顿珠像听到打雷似的震动了一下。但格桑从背后悄悄拉了拉顿珠的衣角，示意他不要急着说话。

"娃娃刚满岁不久，一天，我和弟兄们去深山围猎，兰萝背着儿子到山林里挖黄连、贝母，直到天黑都没有回家，我以为兰萝是因为找药材，路越走越远，迷了路吧，可等到天亮还没有回来，我急了，便去山上找。找得我好苦啊！第三天，我才找到山桃坪附近的森林里，发现几摊血迹和老熊的脚印，还有兰萝被老熊抓烂的身上的破麻布片，再追寻到这儿，只看见一包坟土啦……"

"你怎么晓得这坟墓里埋葬的，就是兰萝呢？"

"坟头上照独龙族的风俗，放着兰萝的背箩和她挖药用的恰卡，还有别的一些她生前用过的东西……"卜松说到这儿，已经抽泣不已，流出了眼泪，"兰萝肯定是被老熊咬死后，又被过路的好心人发现才掩埋的。这又是一个恩人呀，可我一直打听不到料理兰萝后事的人是谁，想找也找不到他……"

"是我阿爸把她埋葬的……"这时，顿珠再也忍不住了。

"什么？在龙滚寨救她出虎口；让她在这儿安息，都是你格桑大哥一人做的好事？"卜松伸出双手紧紧抓住了格桑的双手，"是的，我相信，就是你，一定是你这位好心人。那天，我记得就有你们马帮从这里经过……"

格桑默默地点了点头，他想：如果不承认是他埋葬的兰萝，那又怎么能把儿子交还给卜松呢？

这时，或许是心有灵犀一点通吧。卜松突然把格桑的手拉到自己的胸前，大声地问道：

"那么，兰萝当时背着的娃娃呢？我的小儿子呢？你一定知道他的下落，快告诉我！我想他，想了十多年，想得我好苦呀！"

格桑向顿珠眨了眨眼，摇了摇头。同时，轻轻地从卜松的手中抽出了自己的手，为卜松揩去了脸上的泪水。

"别急，卜松，你的儿子，我知道在哪里……"

"啊！他在哪里？我马上去找他。"

"十多年啦，他长大啦，你见了怕也认不出来……"

"不，不。我认得出来，我的儿子就是老了，我都能认出来……"

"为什么？"格桑故意问道。

"我儿子满岁的那天，我亲自在他的左臂上用黥墨刺下了我们家族的花纹标志……"

"是什么？"格桑急切问道。

"一条小鱼。"卜松伸出手指比划着鱼的形状，又拿起竹篾盒指着说，"那文身的鱼，同这条鱼一样……"

格桑惊喜地站了起来，伸开双臂紧紧地拥抱了卜松。他觉得，卜松的证据十分确凿，什么话都不需要再说了。

"来，孩子。"格桑把顿珠拉到身边，替他脱去了身上的楚巴，又把他的左臂抬了起来。"卜松，看吧，这是哪样？"

"啊，鱼，鱼……"卜松一把将顿珠拉到了怀里，几乎是在哭喊了，"我的儿子，我的儿子……阿爸可找到你啦……"

"顿珠，叫呀，叫他阿爸。"格桑微笑着说道。

"阿爸……"顿珠从心底发出了声音。

"哎……"卜松揩去眼泪，也笑了，"来，向着坟墓，叫一声阿妈！"

"阿妈！"顿珠低下头，跪在坟前，向他的生身母亲表示了深切的悼念。他总想知道母亲的模样，但他当时太小了，如今什么印象也回忆不起来，此时，眼前所看到的，只是碧草掩盖的坟头，坟头上已经枯烂的阿妈用过的背箩竹篾、生锈了的"恰卡"的包铁皮、断裂了的锄把，还有开放在草丛中的几朵蓝色的小花……顿珠闭上眼睛，脑海里映现出来的，却依然是藏族母亲达娃的模样。于是，顿珠觉得，独龙族阿妈和藏族阿妈，在他的心中，已经合成为一个无法分开的伟大母亲的形象了。就正如巍峨的高黎贡山是由东麓和西麓组成的一样；高黎贡山下的独龙江和丙中洛，既是哺育他的摇篮，又是他成长的家乡……

二十、拥抱

　　看着夕阳快要滑落在担当力卡雪山背后，这一般是马帮到达独龙江的时候。阿娴又攀上了高高的白露花树，眺望着将会给她带来希望的山中的驿路……

　　那天，正当茂丁要抓住阿娴，阿娴也即将要跳到树下的时候，杨连长及时地赶到了。杨连长攀到树上，把茂丁和阿娴都动员下了树。杨连长说了多少话，才使茂丁息了怒气，才使阿娴停了啼哭。杨连长说，逼婚是错误的，是违反政府的婚姻法的。要保璋婚姻自由。至于文面嘛，杨连长说，这肯定是一种落后的习俗。国家虽然不能禁止文面，但可以宣传教育民众提高思想觉悟和审美观念，自己起来废除文面。不过，这绝不能简单从事，要慢慢地来，当大家都认识到文面确实是不好了，问题也就好解决了。解放军呢，第一，不阻止文面；第二，不提倡文面。阿娴文不文面，这要让茂丁家自己来商量；阿娴已经表明不愿文面，做父母的也不能强迫……

阿姉此时站在白露花树上，回想着杨连长那天说过的这些话，真觉得杨连长讲的句句是在理上的。只是，当时阿爸、阿妈还是想不通。他们总是说：不文面，就不像独龙妇女啰！还说，不愿嫁阿旅戛可以，但也不能嫁给藏族人。其实，是阿爸的面子下不来，他以为自己是氏族长，连女儿都不文面，还要嫁给藏族人，他还怎么有威信去领导整个氏族呢？阿公阿祖的鬼魂怪罪起来，整个寨子会遭殃的……最后，阿爸还是气鼓鼓地说，不文面，还是不准阿姉回家！

阿姉也不是软弱的藤篾，不回家就不回家吧。当时杨连长就把阿姉托付给孟布多老爷爷照顾。说他继续给茂丁和木金娜谈一谈，慢慢地，他们接受了新道理，也许会想通的。

阿姉就这样在孟布多老爷爷的木板房里住下来了。阿姉也有自己的想法，虽说自己爱上了藏族赶马人顿珠，顿珠也是喜欢自己的。但两人都从来没有明确地相互表白过，更没有说亲、订婚。顿珠这么长的时间都没到独龙江来，他会不会变心呢？那天晚上，格桑大爹听卜松说了那些话之后，他回家去又怎么与达娃大妈和顿珠商量的呢？这些，都需要进一步弄清楚的呀！所以，阿姉天天都盼望着格桑大爹和顿珠早些来独龙江……

"今天，马帮怎么还不到呢？"阿姉在白露花树上都等急了。懒洋洋的落日像一朵凋残的红花，搁在担当力卡雪山之巅。

一阵大风吹过，送来哗啦啦的林涛的喧嚷。鸟儿在森林上空盘旋，飞绕，想落，又没有落。鸟儿是在寻找它们的窝吧。由于阿姉天天爬到树上来，鸟儿已经到别的树上另筑新窝去了。阿姉心想：自己不也正像小鸟一样，得重造新窝了吗？阿爸不让回家，顿珠还不来，自己天天在白露花树上，连翅膀都没有，不会飞，还不如可怜的小鸟呢。

渐渐地，夕阳落尽，西天的晚霞，犹如野火燃烧，就在这时，仿佛是从遥远的天边传来动人心魄的雷鸣——这是给独龙人带来希望和鼓舞的马铃声和铓锣声啊！

"锵，锵，锵……"

"当，当，当……"

空寂的山谷，茫茫的森林，都发出了亲切的回响。

"啊，马帮来啦，顿珠来啦……"阿嫫又往白露花树的高处爬去，一直爬到空鸟窝的旁边。晚霞的光芒，正好是映射着高黎贡山的西麓。阿嫫用手掌搭在眼眉上，集中目光扫视着森林中的驿路。可是，风吹枝叶摇，老是遮住她的视线。她好像听到那下山的骡马发出的一声声嘶吼，看到那带头的骡子披挂着的红缨，以及那顶在头上的小圆镜的银色闪光……

阿嫫急忙下了白露花树。孟布多老爷爷到树下等她好一会儿了。

"阿嫫，连我这聋耳朵都听到马铃响啰！"

"是啊，老爷爷，马帮到啦，到啦！"

"马帮是来啦，顿珠也会来吗？"

孟布多老爷爷一句话，把阿嫫慌乱的心跳一下子给愣住了。孟布多老爷爷从他记事的时候起，就知道察瓦龙的藏人每年都要来独龙江逼牛债，抢独龙姑娘去抵牛债，他脑海里的烙印是那样的深，直到今天对藏人仍保留着一种不信任的心理。当然，孟布多老爷爷希望顿珠不是那种人。只不过出于对阿嫫的关心和爱护，又不能不说出自己的想法。

"孩子，别急呀！要是那藏族小伙子是真心爱你，为哪样这么长时间都不来独龙江？如果这一回来了，他不来找你，你就别去找他。我们独龙姑娘，从来都是有骨气的……"

阿娟的心绪，像鸡抓着乱麻一样，真不知怎样才能理得清。也不知道怎样向孟布多老爷爷说才好。

"你阿爸信不过藏人，总觉得藏人不会真心实意爱独龙姑娘。我还听别人说，你阿爸讲过，要是那藏族小伙子硬把你讨走，你阿爸就要率领全氏族的男子汉，去把你给抢回来。这几天，他正在为你找一个能配得上你的独龙小伙子呢！"孟布多老爷爷沉思了一会儿，森林里的风吹动了他披在肩上的长发，"我估摸着呀，要是那藏族小伙子这回真的来了，你阿爸恐怕还要把你拉回家去关起来，不让你见他的面……"

就在这时，森林里传来脚步声，有人向苞谷地快步走来了。

"啊，老爷爷，会不会是我阿爸抓我来了！"阿娟显得十分焦急。

"让我想想，让我想想……"孟布多老爷爷眯缝起眼睛，过了一会儿，才用手掌一拍自己的大腿，"这样吧，一有情况，你就去那边的树林里躲藏着。我坐在窝棚前替你放哨。要是你阿爸带着人来抓你，我就装作撵猴子那样，'啊嗬嗬！啊嗬嗬！'地吼上几声，你就不要出来。不过，这回，可不能再上白露花树了……"

"这倒是好。"阿娟感激地望着孟布多老爷爷，"要是顿珠来找我呢？老爷爷，你就行行好，让我出来见见他！"

"嗯，不过，我先得敲一敲藏族小伙子的心。看他是玛瑙做的心，还是石头做的心，我孟布多老爷爷不能让独龙姑娘受他的骗，上他的当。当然啰，我们独龙人，也不能只用老眼光去看他们藏家人。进入新社会都这么久啰，他们藏家也有好心人的……"

"是啰，是啰！孟布多老爷爷，顿珠就是顶好顶好的藏家人呀！"

"如果他真是像你说的那样，爷爷就唱起歌来，你就出来会他……"

阿嫡点点头，忍不住笑了。

森林里的黄昏来得比较早。一棵棵大树拖长了影子，仿佛是一道道斑竹编成的帘子，在林中空地上印下了绚丽多彩的光斑。孟布多老爷爷和阿嫡草草地烧了几个山药吃了以后，就默默地坐在窝棚口乘凉。

渐渐地，从林中传来了行人说话的声音。这个时候，除了孟布多老爷爷所估计的那两种情况外，是不会有别的人到苞谷地来的。阿嫡急忙离开窝棚，钻进不远处的森林里躲藏起来。

孟布多老爷爷若无其事地站了起来，在窝棚前走来走去的，眼睛却不时瞅瞅发出人声的方向。

人声越来越近，人影也越来越清晰了。孟布多老爷爷真不愧是个老猎人，那眼睛还很锐利。开头，他看到走来了三个人。接着，又看见来人披戴着独龙毯。当来人走近了一些，他终于看明白了，第一个是卜松，第二个是茂丁，第三个是穿着独龙服装的年轻人。

"嗯……奇怪的是，他们三个怎么会搭配到一起来了？"孟布多老爷爷感到疑惑了。

等他们一一走到跟前，孟布多老爷爷仔细看了看：那第三

个身穿独龙服装的年轻人，好像还有些面熟，但又想不起在哪
儿见过了。莫不就是茂丁重新为阿嬬找的男人？茂丁大概是看
见马帮来了，为了防止阿嬬跟顿珠逃跑，就来抓她回去，让她
与这个新找的独龙小伙子成亲……按照事先与阿嬬商量好的联
络暗号，既然来人不是藏族赶马人顿珠，那就得躲避一下，于
是，孟布多老爷爷面对苞谷地，把手搭在嘴上，连声吼了起来：

"啊嗬嗬，啊嗬嗬……"

阿嬬听到孟布多老爷爷发出的是驱赶猴子和老熊的讯号，
便连忙往森林深处跑去。

等到茂丁三个来人他们走到窝棚前，孟布多老爷爷这才又
转过头来，乐呵呵地说道：

"哟，茂丁氏族长，又来看看我老头子怕不怕偷吃苞谷的猴
子、老熊呀！"

"不，我们是来找阿嬬的。"茂丁说。

"阿嬬？前些日在这里住过几天。今天，好像回家去啦！"
孟布多老爷爷故意装糊涂。

"我们就是从家里来的。阿嬬没回家里，路上也不见她呀！"
卜松说。

"嗯。肯定是来抓阿嬬的了。"孟布多老爷爷一边想，一边
还瞅了那年轻人一眼：倒是个英俊的独龙小伙子。但阿嬬就只
喜欢顿珠，别人长得再帅，她也看不上呀！杨连长不是说过，不
准逼婚的吗！怎么又来这一套了。想到这儿，孟布多老爷爷又
吼了起来，连续向阿嬬发出联络暗号："啊嗬嗬！啊嗬嗬……"

这时，茂丁听到森林中有响声。卜松也看到有个人影向林
地高处跑去，便指着远处说：

"喏！人在那儿呢！"

他们三个人便跑了过去。孟布多老爷爷摇摇头，叹了口气，一屁股坐在地上。心想：看他们还敢抢婚？大不了，我再去把杨连长搬来，看你茂丁怎么交代！

茂丁追了一阵，那人影还在继续向前跑。茂丁只好大声喊道：

"阿婻，别跑啦，我是你阿爸……"

这一喊，那人影跑得更快了。

"阿婻，是顿珠来找你啦！"卜松又接着喊道。

阿婻听到卜松的喊话，以为是骗她的，还是不停步地跑着。

那年轻人一看这个阵势，认为这样穷追不去，阿婻会出危险的。他说了一个办法：由他来唱歌。茂丁和卜松也同意。为了使歌声传得远一些，那年轻人手脚并用，很快就攀到了那棵白露花树上。他左手拽着树枝，右手抚在后脑勺上，大声地唱了起来：

> 草原上的蓝色小河，
>
> 下雪了，请不要难过。
>
> 等到来年春风吹起，
>
> 你又会唱出流水欢歌。
>
> 草原上的紫色小花，
>
> 凋落了，请不要难过。
>
> 等到来年春雨飘洒，
>
> 你又会开出香花朵朵……

这歌声，像雄鹰张开翅膀，飞得很快，传得很远。阿娹听到后，站住了。啊！这是顿珠在贡山县医院里，为她唱的藏族民歌呀！这优美的歌声，曾经使她受到鼓舞，获得希望，使她更加热爱生活！这深情的歌声，永远铭刻在她的心窝里；除了她心爱的顿珠，谁也唱不得这样好！

"顿珠！顿珠……"

"阿娹！阿娹……"

这对年轻恋人的热烈呼唤，使整个森林都激荡起来了。阿娹拼命地往回跑，顿珠从白露花树上像松鼠一样滑落下来，又飞快地迎了上去。他俩只凭着声音，只凭着心灵的感应，什么也来不及看，什么也来不及说，便在一棵红松树下紧紧地拥抱在一起了……

当茂丁、卜松和孟布多老爷爷乐呵呵地来到这对恋人的身边时，他俩才松开手臂，含羞地相对站着，相互看着。这时，阿娹才注意到，顿珠穿的是独龙族衣裳，顿珠也才看清楚，阿娹的脸上并没有刺着花纹，他俩都感到奇怪了。

"阿娹，原先，我听阿爸说，你已经被文面……"

"哦，那是我看错啰。"卜松摇着头说。

"茂丁阿爸和卜松阿爸都说，你不文面，也答应让你和我成亲了……"顿珠说着，拉起了阿娹的手。

"顿珠，莫非藏人就不能与独龙人相爱？你为哪样要打扮成独龙人呢？"阿娹问道。

"我今天在山上才知道，我本来就是独龙人嘛。"顿珠把披在身上的独龙毯掀了掀，"不过，我的父母既是藏族人，也是独龙族人。刚才我到卜松阿爸家，他让我改穿了他的衣裳来找你……"

"怎么，卜松大爹是你的阿爸？"阿婻望望卜松，感到惊异不已，"快给我讲讲……"

他们高高兴兴地穿过成熟了的苞谷地，回到孟布多老爷爷的窝棚里。杨连长、格桑和木金娜也找到这儿来了。人们围着红红旺旺的火塘，由格桑和卜松把他们两人所经历的藏族和独龙族之间的友谊的来龙去脉和顿珠的真实身份从头到尾地说了一遍……

于是，顿珠和阿婻将要举行婚礼的喜讯很快在独龙河谷传开来。第一个不文面就能结婚的独龙族姑娘，成了乡亲们瞩目的中心。人们纷纷拥到茂顶寨来看阿婻，看后都说，独龙女人，还是不文面好看。听到这些议论，茂丁、木金娜、卜松也忍不住笑了。

由于马帮要为贸易公司驮运独龙江出产的贝母、黄连和兽皮出去，在等独龙人交售这些东西的期间，茂丁、卜松和格桑一起去了姜木雷寨子一趟。他们说服了鲁腊顶、阿妮和阿旅夏，把定亲的事退掉了。至于鲁腊顶早先牵来定亲用的那头黄牛和那条猪，就由格桑和卜松一起出钱买了下来。三个老人从姜木雷寨子回来的第二天，就杀猪宰牛，为顿珠和阿婻举行了盛大的婚礼酒宴。

酒宴除了邀请茂顶氏族的所有成员外，还邀请了其他氏族的亲朋好友，以及马帮的马哥头们。杨连长听到这一喜讯，还专门约了赵指导员来参加他们的婚礼，婚礼宴会就在茂丁和卜松家院子里举行。按照独龙族的风俗，阿婻由氏族里的二十多个兄弟姐妹簇拥着，步行来到卜松家——总共走了几十步路。

因为他们两家就住在一幢长房子里，一家在南头，一家在北头，本来就亲如一家，只不过如今更是亲上加亲了。在卜松家的阳台上，新郎新娘共饮了交杯酒。

于是，成了夫妇的这对新人，开始接受人们的祝福。由于杨连长在这次发生的种种矛盾纠纷中做了很好的工作，也由于解放军崇高的威望，两家的老人一致请他祝酒致词。在一片欢迎的掌声中，杨连长举起了竹酒杯，说道：

"第一，我要说明，当我听了格桑和卜松给我讲的他两家的故事之后，我十分感动，也引起了我的深思。我以为，从顿珠的身上，充分体现了藏族和独龙族人民之间的真诚的友谊和亲密的团结。为此，我建议，在新郎的藏族名字前面，加上原来的独龙族氏族的名字，就叫他'卜松顿珠'，以纪念民族的友谊和团结！"

"好啰！好啰！"格桑、卜松和参加婚礼的人们都欢呼起来。

"第二，我想，我们应当对第一个不文面的独龙姑娘的婚礼表示祝贺！这是一个良好风俗的开端！"

"合啰！合啰！"茂丁、木金娜、卜松等带头发出了表示赞成的欢呼。

"第三，祝卜松顿珠和阿婻的爱情，像高黎贡山一样永世长存，像独龙江一样永世流淌！现在，让我们一起喝干水酒，来，喝……"

"好啰！喝！啰！"所有参加婚礼的人都举起了竹酒杯，将喜酒一饮而尽。

接着，在新娘和新郎的带领下，人们跳起了热烈豪迈的独龙族的牛锅庄舞和藏族的弦子舞，唱起了喜庆欢乐的独龙族民歌和藏族民歌。正当人们在尽情地欢歌起舞的时候,在高黎贡山巍峨的峰峦上,飘洒起一阵烟雨;红红的太阳,仍然照耀着……

卜松顿珠和阿嫦抬起头来,看着这精美鲜艳的自然景色。独龙人和藏人都认为,在举行婚礼的时候,又出太阳又下雨,这是吉祥如意的象征。于是,两位新人以他们的两颗心作为梭子,像织独龙族的独龙毯和织藏族的氆氇一样,将太阳的光线和晶莹的雨丝,织成一道精美鲜艳的彩虹……

好高好宽的彩虹哟,像雄鹰飞翔的翅膀,像百鸟搭起的桥梁,横跨在高黎贡山之上。卜松顿珠和阿嫦同时仰望着彩虹,都这样遐想:彩虹的这一头,是搭在独龙江边茂顶寨的喜气洋洋的婚礼场上;彩虹的那一头,一定是搭在怒江边丙中洛村的鲜花盛开的草原上。于是,他俩在心上默默地说:亲爱的达娃阿妈,请沿着彩虹走来吧,来喝一杯你的儿子和媳妇用爱情酿成的甜蜜的喜酒……

1984 年 3 月 8 日于新平初稿

1984 年 7 月 25 日于烟台海滨修改

1985 年 1 月 17 日于北京又改

2010 年 9 月 30 日于昆明再改、定稿

附录一：张昆华出版作品要目

一、小说、散文、诗歌作品33部

1.《在勐巴纳森林中》(长篇小说)，云南人民出版社，1977年5月出版；

2.《魔鬼的峡谷》(长篇小说)，云南人民出版社，1981年6月初版，1984年10月再版；

3.《爱情的泉水》(长篇小说)，四川人民出版社，1981年10月初版，1984年2月再版；

4.《不愿文面的女人》(长篇小说)，台湾殿堂出版社，1991年3月出版；

5.《西双版纳恋曲》(长篇小说)，台湾海风出版社，1994年11月出版；

6.《给我海阔天空》(长篇小说),台湾海风出版社,1994年11月出版;

7.《白浪鸽》(长篇小说),晨光出版社,2003年5月出版;

8.《白浪鸽》(长篇小说),湖北教育出版社,2011年2月出版;

9.《蓝色象鼻湖》(中篇小说),新蕾出版社,1981年3月初版,1982年9月再版;

10.《蓝色象鼻湖》(中篇小说)(朝鲜文),延边人民出版社,1983年8月出版;

11.《爱情不是狩猎》(中篇小说集),重庆出版社,1985年4月出版;

12.《天鹅》(中短篇小说集),花城出版社,1985年5月出版;

13.《落花·流霞》(中篇小说集),长江文艺出版社,1985年10月出版;

14.《野渡·黑影》(中篇小说集),法律出版社,1985年10月出版;

15.《黑影》(中篇小说),群众出版社,1986年4月出版;

16.《蓝色象鼻湖》(中篇小说),香港新文化事业供应公司,1986年9月出版;

17.《不愿文面的女人》(中篇小说集),中国文联出版公司,1987年6月初版,1988年10月再版;

18.《原始森林探奇的少年》(中篇小说)(孟加拉文),外文出版社,1989年9月出版;

19.《森林历险记》(中篇小说)(巴基斯坦),巴基斯坦海岸出版社、外文出版社，1993 年 12 月出版；

20.《曼腊渡之恋》(中篇小说集)，云南民族出版社，1993 年 12 月出版；

21.《双眼井之恋》(短篇小说集)，云南人民出版社，1995 年 12 月出版；

22.《洱海花》(散文集)，百花文艺出版社，1981 年 3 月初版，1982 年 9 月再版；

23.《多情的远山》(散文集)，上海文艺出版社，1994 年 9 月出版；

24.《遥远的风情》(散文集)，台湾幼狮文化事业公司，1995 年 11 月出版；

25.《梦回云杉坪》(散文集)，华龄出版社，1996 年 10 月出版；

26.《鸟和云彩相爱》(散文集)，百花文艺出版社，2000 年 10 月出版；

27.《漂泊的家园》(散文集)，云南人民出版社，2004 年 5 月出版；

28.《云雀为谁歌唱》(散文、诗歌、小说集)，晨光出版社，2005 年 12 月出版；

29.《云雀为谁歌唱》(散文集)，香港洪波出版公司，2008 年出版；

30.《云南的云》(散文集)，上海文艺出版社，2009 年 3 月出版；

31.《乡情集》(诗集)，云南人民出版社，1963 年 12 月出版；

32.《在祖国边疆》(诗集)，云南人民出版社，1973 年 12 月出版；

33.《红草莓之恋》(诗集)，中国文联出版社，2002 年 1 月出版。

二、影视作品 2 部

1. 电影《独龙文面女》(根据长篇小说《不愿文面的女人》改编)，峨眉电影制片厂，1993 年摄制发行；中央电视台第六套节目电影频道 1998 年 9 月两次播放；

2. 电视剧《黑影》(上、下集)(根据中篇小说《黑影》改编)，重庆音像出版社，1989 年出版发行。

附录二：张昆华获奖作品要目

一、国家级、全国性获奖作品

1. 散文《杜鹃醉鱼》，1980 年获《儿童文学》"1977 ～ 1979 年优秀作品奖"；

2. 中篇小说《蓝色象鼻湖》，1982 年获文化部全国少年儿童文化艺术委员会、国家出版事业管理局联合举办的 "1980 ～ 1981 年全国优秀少年儿童读物评奖" 一等奖，由中宣部、文化部副部长林默涵授予奖状；

3. 散文《东巴故园情》，即冰心题写的《梦回云杉坪》，1995 年获中央台举办、海内外华人作家参与的第八届 "海峡情" 征文一等奖；由中央文史馆馆长、著名作家萧乾授予奖状；

4. 短篇小说集《双眼井之恋》，1997 年获中国作家协会、

国家民委联合举办的第五届全国少数民族文学"骏马奖";由文化部副部长、中国作家协会副主席陈昌本授予奖状;

5. 散文《春城绿意》,1998 年获《人民日报》征文"优秀作品奖";

6. 散文《我与税收无故事》,1998 年获国家税务总局《中国税务》杂志全国征文一等奖;

7. 散文《冰心的木香花》,1998 年获台湾"乡情文化"征文第一名;

8. 散文《冰心的木香花》,1999 年获广电部"中国广播节目国家级政府奖";

9. 散文集《鸟和云彩相爱》,2001 年获中国"北方七省一市文艺图书评奖委员会"优秀图书奖;

10. 诗歌《自然诗草》(二首),2002 年获《光明日报》"道德之歌"诗歌大赛优秀奖;

11. 长篇小说《白浪鸽》,2003 年获冰心生前题字并与国际文化名人、英国作家韩素音共同创办的"冰心奖评委会"授予的"2003 年冰心儿童图书奖";

12. 散文、诗歌、小说集《云雀为谁歌唱》,获"冰心奖评委会"授予的"2006 年冰心儿童图书奖";

13. 散文集《漂泊的家园》,2008 年获中国散文学会"第三届冰心散文优秀奖";

14. 散文《那年泼水节》,2009 年获《中国散文年会》"优秀散文奖";

15. 散文《鸡鸣三省唱曙光》,获中国散文学会等举办的"2011 年全国散文作家论坛征文大赛"二等奖。

二、省级、全省性获奖作品

1. 散文《战士自有战士的爱情》，1979 年获"首届云南省文学创作优秀作品奖"；

2. 诗歌《骨肉之情》，1979 年获云南省作家协会"迎香港回归诗歌大赛"一等奖；

3. 短篇小说《炊烟》，1981 年获云南省作家协会"优秀作品奖"；

4. 中篇小说《蓝色象鼻湖》，1983 年获"云南省文学创作优秀作品荣誉奖"；

5. 中篇小说《秘密使命》，1983 年获"云南省文学创作优秀作品奖"；

6. 散文《我只是一滴水珠》，1989 年获《春城晚报》"十年浪花"征文一等奖；

7. 散文《木鼓无声话风云》，1991 年获《春城晚报》"云南风物"征文一等奖；

8. 散文《红旗桥上橄榄绿》，1994 年获《云南日报》征文一等奖；

9. 散文《山与江充满爱的口岸》，1995 年获《云南日报》征文一等奖；

10. 散文《台湾寄来一绺头发》，1995 年获《云南日报》"社会纪实"征文优秀作品奖；

11. 散文《昆明的花献给冰心》，1996 年获《云南日报》"社会纪实"征文优秀作品奖；

12. 散文《普洱茶礼赞》，1997 年获《春城晚报》"太阳洲

说茶征文"一等奖;

13. 散文《九十九个红手印留住一个兵》,1997年获《云南日报》"花潮"优秀作品奖;

14. 散文《曼海桥头大青树》,1998年获《云南日报》"社会纪实征文"优秀作品奖;

15. 散文《孔雀起舞的山冈》,1999年获《云南日报》"花潮"优秀作品奖;

16. 散文《冰心的木香花》,1999年获"云南省广播节目省级政府奖";

17. 散文《圆通山上樱花树》,2000年获《春城晚报》"樱花潮"征文一等奖;

18. 散文集《多情的远山》,2000年获"第三届云南省政府文学艺术创作二等奖";

19. 短篇小说集《双眼井之恋》,2000年获"第三届云南省政府文学艺术创作荣誉奖";

20. 诗歌《访越诗草》,2001年荣获公安部边防局主办的《边防战士报》优秀奖;

21. 散文《伟人与士兵》,2001年获《边疆文学》征文特别奖;

22. 散文《留住那年秋色》,2002年获《云南政协报》好作品奖;

23. 散文《蔡希陶和两棵树的故事》,2002年获云南教育出版社《生态经济》杂志优秀作品二等奖;

24. 散文《歌声来自延安》,2002年获《边疆文学》征文特别奖;

25. 散文《木鼓头人》，2003 年获《边疆文学》征文二等奖；

26. 评论《请用心灵倾听》，2005 年获《文学界》"金石"评论奖二等奖；

27. 散文集《漂泊的家园》，2007 年获云南省"第五届文学艺术创作奖二等奖"；

28. 散文、诗歌、小说集《云雀为谁歌唱》，获"2008 年云南省优秀图书一等奖"；

29. 评论《维和英雄交响曲》，2010 年获《云南日报》"三读"征文二等奖；

30. 评论《流淌在丽江天地间的文学长河》，2011 年获《云南日报》第二届"热点"征文三等奖；

31. 散文《鸡鸣三省唱曙光》，2012 年由云南省文联"特授予云南文艺基金贡献优秀奖"；

32. 散文集《云南的云》，2012 年获"云南省民族文学创作精品奖"。